畢璞全集・小說・四

綠萍姊姊

【推薦序一】

老樹春深更著花

封德屏

一九八六年四月，畢璞應《文訊》雜誌「筆墨生涯」專欄邀稿，發表〈三種境界〉一文，她在文末寫道：

這種職業很適合我這類沉默、內向、不善逢迎、不擅交際的書呆子型人物，我很高興我當年選擇了它。我既沒有後悔自己走上寫作這條路，又說過它是一種永遠不必退休的行業；那麼，看樣子，我是注定了此生還是要與筆墨為伍了。

畢璞自知甚深，更有定力付之行動，近三十年來她持續創作，陸續出版了數本散文、小說、自選集；三年前，為了迎接將臨的「九十大壽」，她整理近年發表的文章，出版了散文集

《老來可喜》。年過九十後，創作速度放緩，但不曾停筆。二〇〇九年元月《文訊》創辦的「銀光副刊」，至今刊登畢璞十二篇文章，上個月（二〇一四年十一月），她在「銀光副刊」發表了短篇小說〈生日快樂〉，此外，也仍偶有文章發表於《中華日報》副刊。畢璞用堅毅無悔的態度和纍纍的創作成果，結下她一生和筆墨的不解之緣。

一九四三年畢璞就發表了第一篇作品，五〇年代持續創作，創作出版的高峰集中在六〇、七〇年代。一九六八年到一九七九年是她作品的豐收期，這段時間有時一年出版三、四本，甚至五本。早些年，她是編寫雙棲的女作家，曾主編《大華晚報》家庭版、《公論報》副刊、《徵信新聞報》家庭版，並擔任《婦友月刊》總編輯，八〇年代退休後，算是全心歸回到自適自在的寫作生涯。

真摯與坦誠是畢璞作品的一貫風格。散文以抒情為主，用樸實無華的筆調去謳歌自然，讚頌生命；小說題材則著重家庭倫理、婚姻愛情。中年以後作品也側重理性思考與社會現象觀察。畢璞曾自言寫作不喜譁眾取寵、不造新僻字眼，強調要「有感而發」，絕不勉強造作。

畢璞生性恬淡，除了抗戰時逃難的日子，以及一九四九年渡海來台的一段艱苦歲月外，自認大半生風平浪靜。「淡泊名利，寧靜無為」是她的人生觀，讓她看待一切都怡然自得。雖然前後在報紙雜誌社等媒體工作多年，一九五五年也參加了「中國婦女寫作協會」，可能如她自己所言「個性沉默、內向，不擅交際」，多年來很少現身文壇活動。像她這樣一心執著於創作的人和其作品，在重視個人包裝、形象塑造，充斥各種行銷手法的出版紅海中，很容易會被湮沒遺忘。

然而，這位創作廣跨小說、散文、傳記、翻譯、兒童文學各領域，筆耕不輟達七十餘年的資深作家，冷月孤星，懸長空夜幕，環視今之文壇，可說是鳳毛麟角，珍稀罕見。在人們華服高軒、闊論清議之際，九三高齡的她，老樹春深更著花，一如往昔，正俯首案頭，筆尖不斷流淌出款款深情，如涓涓流水，在源遠流長的廣域，點點滴滴灌溉著每一寸土地。

感謝秀威資訊科技股份有限公司，在文學出版業益顯艱辛的此刻，奮力完成「畢璞全集」二十七冊的巨大工程。不但讓老讀者有「喜見故人」的驚奇感動，也讓年輕一代的讀者，有機會可以在快樂賞讀中，認識畢璞及其作品全貌。我們也希望透過文學經典這樣的再現與傳承，向這位永遠堅持創作的作家，表達我們由衷的尊崇與感謝之意。

民國一〇三年十二月

（封德屏：現任文訊雜誌社社長兼總編輯、臺灣文學發展基金會執行長、紀州庵文學森林館長。）

【推薦序二】

老來可喜話畢璞

吳宏一

一

上星期二（十月七日），我有事到《文訊》辦公室去。事畢，封德屏社長邀我去參觀她們蒐集珍藏的期刊。看到很多民國五、六十年前後風行文壇的文藝刊物，目前多已停刊，不勝嗟嘆。《暢流》、《自由青年》、《文星》等我投過搞、發表過創作的刊物不說，連一些當時發行不廣的小刊物，她們也多有蒐集。其用心之專、致力之勤，實在不能不令人讚嘆。於是我向她提起我高中以迄大學時期文學起步的一些往事，中間提到若干文藝刊物和若干文壇前輩對我的鼓勵和影響。其中特別提到我大學一年級，民國五十年的秋天，剛進入台大中文系讀書時所認識的一些前輩先進。像當時住在濟南路的紀弦，住在廈門街的余光中，住在南昌街菸酒公賣局宿舍的羅悟緣，住在安東市場旁的羅門、蓉子……我都曾經一一去走訪，謝謝他們採用或推薦過我的作品。過程歷歷在目，至今仍記憶猶新。比較特別的是，去新生南路夜訪覃子豪時，還遇見過魏子雲；去峨嵋街救國團舊址見程抱南、鄧禹平時，還順道去《公論報》探訪副刊主編畢璞……。

一提到畢璞，德屏立即接了話，說「畢璞全集」目前正編印中，問我願不願意為她「全集」寫個序言。我答：寫序不敢，但對我文學起步時曾經鼓勵或提攜過我的前輩，我非常樂意寫紀念性的文字。不過，我也同時表示，我與畢璞五十多年來，畢竟才見過兩三次面，她的作品我讀得並不多，要寫也得再讀讀她的生平著作，而且也要她還記得我，對往事有些共同的記憶才好。所以我建議，請德屏代問畢璞兩件事：一是她記不記得在我大一下學期（民國五十一年春），她和另一位女作家到台大校園參觀之事；二是她在主編《婦友》月刊期間，記不記得曾經約我寫過詩歌專欄。

德屏說好。第二日早上十點左右，畢璞來了電話，客氣寒暄之後，告訴我：她記得她和鍾麗珠早年曾到台大校園和我見過面，但對於《婦友》約我寫專欄之事，則毫無印象。她知道我沒有讀過她的作品集，說要寄兩三本來，又知道我怕她年老行動不便，改口說，要不然，幾天內如果我能抽空，就煩請德屏陪我去內湖看她，由她當面交給我，同時可以敘敘舊、聊聊天。

我當然贊成。我已退休，時間容易調配，只不知德屏事務繁忙，能不能抽出空暇。想不到與德屏聯絡後，當天下午，就由《文訊》編輯吳穎萍小姐聯絡好，約定十月十日下午三點一起去見畢璞。

二

十月十日國慶節，下午三點不到，我就如約搭文湖線捷運到葫洲站一號出口等。不久，德屏與穎萍來了。德屏領先，走幾分鐘路，到康寧老人安養中心去見畢璞。途中德屏說，畢璞雖然年逾九旬，行動有些不便，但能以歡樂的心情迎接老年，不與兒孫合住公寓，怕給家人帶來不便，所以獨居於此，雇請菲傭照顧，生活非常安適。我聽了，心裡也開始安適起來，覺得她是一個慈藹安詳而有智慧的長者。

見面之後，我更覺安適了。記得我第一次見到畢璞，是民國五十年的秋冬之際，在西門町附近康定路的一棟木造宿舍裡，居室比較狹窄；畢璞當時雖然親切招待，但總顯得態度拘謹。相隔五十三年，畢璞現在看起來，腰背有點彎駝，耳目有些不濟，但行動尚稱自如，面容聲音卻似乎數十年如一日，沒有什麼明顯的變化。如果要說有變化，那就是變得更樸實自然，沒有絲毫的窘迫拘謹之感。

由於德屏的善於營造氣氛、穿針引線，由於穎萍的沉默嫻靜，只做一個忠實的旁聽者，那天下午，我和畢璞有說有笑，談了不少往事，讓我恍如回到五十三年前的青春年代。那時候，我才十八歲，剛考上台大中文系，剛到陌生而充滿新鮮感的臺北，常投稿報刊雜誌，常拜訪前輩作家。有一天，我到西門町峨嵋街救國團去領新詩比賽得獎的獎金，順道去附近的《聯合報》和《公論報》社。我到《公論報》社問起副刊主編畢璞，說明我常有作品發表，就有人給了我她家的住址。距離報社不遠，在成都路、西門國小附近。那時候我年輕不懂事，大家也少用電話，所以就直接登門造訪了。見面時談話不多，記憶中，畢璞說過她先生也在《公論報》上班，她如何編副刊，還有她兒子正讀師大附中，希望將來也能考上台大等。辭別時，畢璞說了一句，聽說台大校園春天杜鵑花開得很盛很好看。我謹記這句話，所以第二年的春天，投稿信中附帶留言，歡迎她跟朋友來台大校園玩。就因為這樣，畢璞和鍾麗珠在民國五十一年的春季，相偕來參觀台大校園。

確切的日期記不得了。畢璞說連哪一年她都不能確定。我翻開我隨身帶來送她的光啟版散文集《微波集》，指著一篇〈鄉愁〉後面標明的出處，民國五十一年四月二十七日發表於《公論副刊》。經此指認，畢璞稱讚我的記性和細心，而且她竟然也記起了當天逛傅園後，我請她們到福利社吃牛奶雪糕的往事。

很多人都說我記憶力強，但其實也常有模糊或疏忽之處。例如那一天下午談話當中，我提起雨中路過杭州南路巧遇《自由青年》主編呂天行，以及多年後我在西門町日新歌廳前再遇見他，聽他告訴我「驚天大祕密」的時候，確實的街道名稱，我就說得不清不楚，更糟糕的是，畢璞再次提起她主編《婦友》月刊的期間，真不記得邀我寫過專欄。一時間，我真無辭以對。當事人都這麼說了，我該怎麼解釋才好呢？好在我們在談話間，曾提及王璞、呼嘯等人，似乎又給了我重拾記憶的契機。

我私下告訴德屏，《婦友》確實有我寫過的詩歌專欄，雖然事忙只寫了幾期，但這些文章後來都曾收入我的《先秦文學導讀・詩辭歌賦》和《從詩歌史的觀點選讀古詩》等書中，白紙黑字，騙不了人的。會不會畢璞記錯，或如她所言不在她主編的期間別人約的稿呢？

那天晚上回家後，我開始查檢我舊書堆中的期刊，找不到《婦友》，卻找到了王璞主編的《新文藝》和呼嘯主編的《青年日報》副刊剪報。他們都曾約我寫過詩詞欣賞專欄，印象中有一個與《婦友》大約同時。尋檢結果，查出連載的時間，《新文藝》是民國七十一年，《青年日報》則是民國七十七年。到了十月十二日，再比對資料，我已經可以推定《婦友》刊登我詩歌專欄的時間，應該是在民國七十七年七、八月間。

十月十三日星期一中午，我打電話到《文訊》找德屏，她出差不在。我轉請秀卿代查，傍晚她回覆，已在《婦友》民國七十七年七月至十一月號，找到我所寫的〈古歌謠選講〉，當時的總編輯就是畢璞。事情至此告一段落。記憶中，是一次作家酒會邂逅時畢璞約我寫的。寫了幾期，因為事忙，又遇畢璞調離編務，所以專欄就停掉了。這本來就是小事一樁，無關宏旨，豁達的畢璞不會在乎這個的，只不過可以證明我也「老來可喜」，記憶尚可而已。

三

「老來可喜」，是畢璞當天送給我看的兩本書，其中一本散文集的書名，語出宋代詞人朱敦儒的〈念奴嬌〉詞。另外一本是短篇小說集，書名《有情世界》。根據書後所附的作品目錄，原來畢璞的作品集，已出三、四十本。她挑選這兩本送我看，應該有其用意吧。看《老來可喜》這本散文集，可知她的生平大概；看《有情世界》這本短篇小說集，則可知她的小說特色所在。初讀的印象，她的作品，無論是散文或小說，從來都不以技巧取勝，就像她的筆名一樣，是未經琢磨的玉石，內蘊光輝，表面卻樸實無華，然而在樸實無華之中，卻又表現出一個共同的主題。一言以蔽之，那就是「有情世界」。其中有親情、愛情、人情味以及生活中的情趣。因此，讀來特別溫馨感人，難怪我那罕讀文藝創作的妻子，也自稱是她的忠實讀者。

讀畢璞《老來可喜》這本散文集，可以從中窺見她早年生涯的若干側影，以及她自民國三十八年渡海來台以後的生活經歷。其中寫親情與友情，敘事中寓真情，雋永有味，誠摯而動人。寫懷才不遇的父親，寫遭逢離亂的家人，寫志趣相投的文友，娓娓道來，真是扣人心弦。

其中〈西門懷舊〉一篇，寫她康定路舊居的一些生活點滴，更讓我玩味再三。即使寫她身邊瑣事的小小感觸，寫愛書成癡，愛樂成癡，寫愛花愛樹，看山看天，也都能使我們讀者體會到「生命中偶得的美」，享受到「小小改變，大大歡樂」。「生命中偶得的美」和「小小改變，大大歡樂」，正是她文集中的篇名。我們還可以發現，身經離亂的畢璞，涉及對日抗戰、國共內戰的部分，著墨不多，多的是「此身雖在堪驚」，「老來可喜，是歷遍人間，諳知物外」。這也正是畢璞同一時代大多婦女作家的共同特色。

讀《有情世界》這本小說集，則可發現：畢璞散文中寫得比較少的愛情題材，都寫進小說裡了。畢璞說過，小說是她的最愛，因為可以滿足她的想像力。讀完這十六篇短篇小說，我們確實可以發現，她的小說採用寫實的手法，勾勒一些時代背景之外，重在探討人性，敘寫一些有情有義的故事。特別是愛情與親情之間的矛盾、衝突與和諧。小說中的人物和故事，有真有假，「真」的往往是根據她親身的經歷，「假」的是虛構，是運用想像，無中生有塑造出來的。她把它們揉合在一起，而且讓自己脫離現實世界，置身其中，成為小說中人。

因此，我讀畢璞的短篇小說，覺得有的近乎散文。尤其她寫的書中人物，大都是我們城鎮小市民日常身邊所見的男女老少，故事題材也大都是我們城鎮小市民幾十年來所共同面對的移民、出國、旅遊、探親等話題。或許可以這樣說，較之同時渡海來台的作家，畢璞寫的小說，罕有激情奇遇，缺少波瀾壯闊的場景，也沒有異乎尋常的角色，既沒有朱西甯、司馬中原筆下的鄉野氣息，也沒有白先勇筆下的沒落貴族，一切平平淡淡的，可是就在平淡之中，卻能給人親近溫馨之感。表面上看，她似乎不講求寫作技巧，但仔細觀察，她其實是寓絢爛於平淡。像〈生命共同體〉一篇，寫范士丹夫婦這對青梅竹馬的患難夫妻，到了老年還為要不要移民美國而引起衝突，高潮迭起，正不知作者要如何收場，這時卻見作者藉描寫范士丹的一些心理活動，利用廚房下麵一個小情節，就使小說有個圓滿的結局，而留有餘味。〈春夢無痕〉一篇，寫梅湘退休後，到香港旅遊，在半島酒店前香港文化中心，竟然遇見四十多年前四川求學時代的舊情人冠倫。四十多年來，由於人事變遷，兩岸隔絕，二人各自男婚女嫁，都已另組家庭，正不知作者要如何安排後來的情節發展，這時卻見作者利用梅湘的一段心理描寫，也就使小說有個出人意外而又合乎自然的結尾，不會予人突兀之感。這些例子，說明了作者並非不講表現藝術，只是她運用寫作技巧時，合乎自然，不見鑿痕而已。所以她的平淡自然，不只是平淡自然，而是別有繫人心處。

四

畢璞同時的新文藝作家，有三種人給我的印象特別深刻。一是軍中作家，以寫新詩和小說為主，強調創新和現代感；二是婦女作家，以寫散文為主，多藉身邊瑣事寫人間溫情；三是鄉土作家，以寫小說和遊記為主，反映鄉土意識與家國情懷。這是二十世紀五、六十年代前後臺灣新文藝發展史上的一大特色。這三類作家的風格，或宏壯，或優美，雖然成就不同，但套用王國維的話說，都自成高格，自有名句，境界雖有大小，卻不以是分優劣。因此有人嘲笑婦女作家多只能寫身邊瑣事和生活點滴，那是學文學的人不該有的外行話。

畢璞當然是所謂婦女作家，她寫的散文、小說，攏總說來，也果然多寫身邊瑣事，或者說，多藉身邊瑣事寫溫暖人間和有情世界。但她的眼中充滿愛，她的心中沒有恨，所以她的筆端流露出來的，每一篇作品都像春暉薰風，令人陶然欲醉；情感是真摯的，思想是健康的，真的適合所有不同階層的讀者。

一般而言，人老了，容易趨於保守，失之孤僻，可是畢璞到了老年，卻更開朗隨和，更為豁達，就像玉石，愈磨愈亮，愈有光輝。她特別欣賞宋代詞人朱敦儒的「老來可喜」那首〈念奴嬌〉詞。她很少全引，現在補錄如下：

老來可喜，是歷遍人間，諳知物外。
看透虛空，將恨海愁山，一時挼碎。
免被花迷，不為酒困，到處惺惺地。
飽來覓睡，睡起逢場作戲。

休說古往今來，乃翁心裡，沒許多般事。
也不蘄仙不佞佛，不學栖栖孔子。
懶共賢爭，從教他笑，如此只如此。
雜劇打了，戲衫脫與獃底。

朱敦儒由北宋入南宋，身經變亂，歷盡滄桑，到了晚年，勘破世態人情，不但主張不學栖栖皇皇的孔子，說什麼經世濟物，而且也認為道家說的成仙不死，佛家說的輪迴無生，都是虛妄的空談，不可採信。所以他自稱「乃翁」，說你老子懶與人爭，管它什麼古今是非，說人生在世，就像扮演一齣戲一樣，各演各的角色，逢場作戲可矣，何必惺惺作態，說什麼愁呀恨呀。一旦自己的戲份演完了，戲衫也就可以脫給別的傻瓜繼續去演了。這首詞表現的人生觀，雖然豁達，卻有些消極。這與畢璞的樂觀進取，對「有情世界」處處充滿關懷，是不相契的。我想畢璞喜愛它，應該只愛前面的幾句，所以她總不會引用全文，有斷章取義的意思吧。

畢璞《老來可喜》的自序中，說西方人把老年分成三個階段：從六十五歲到七十五歲是「初老」，從七十六歲到八十五歲是「老」，八十六歲以上是「老老」；又說「初老」的十年是人生最美好的黃金時期，不必每天按時上班，兒女都已長大離家，內外都沒有負擔，沒有工作壓力，智慧已經成熟，人生已有閱歷，身體健康也還可以，不妨與老伴去遊山玩水，或抽空去學習一些新知，以趕上時代。想做什麼就做什麼，豈非神仙一般。畢璞說得真好，我與內子現在正處於「初老」的神仙階段，也同樣覺得人間有情，處處充滿溫暖，這幾天讀畢璞的書，益發覺得「老來可喜」，可喜者三：老來讀畢璞《老來可喜》，一也；不久之後，可與老伴共讀「畢璞全集」，二也；從今立志寫自己不像傳記的傳記，彷彿回到自己的青春時期，三也。

民國一〇三年十月十五日初稿

（吳宏一：學者，作家，曾任臺灣大學中文系教授、香港中文大學中文系、香港城市大學中文、翻譯及語言學系講座教授，著有詩、散文、學術論著數十種。）

【自序】長溝流月去無聲——七十年筆墨生涯回顧

畢璞

「文書來生」這句話語意含糊，我始終不太明瞭它的真義。不過這卻是七十多年前一個相命師送給我的一句話。那次是母親找了一位相命師到家裡為全家人算命。我從小就反對迷信，痛恨怪力亂神，怎會相信相士的胡言呢？當時也許我年輕不懂，但他說我「文書來生」卻是貼切極了。果然，不久之後，我就開始走上爬格子之路，與書本筆墨結了不解緣，迄今七十年，此志不渝，也還不想放棄。

從童年開始我就是個小書迷。我的愛書，首先要感謝父親，他經常買書給我，從童話、兒童讀物到舊詩詞、新文藝等，讓我很早就從文字中認識這個花花世界。父親除了買書給我，還教我讀詩詞、對對聯、猜字謎等，可說是我在文學方面的啟蒙人。小學五年級時年輕的國文老師選了很多五四時代作家的作品給我們閱讀，欣賞多了，我對文學的愛好之心頓生，我的作文成績日進，得以經常「貼堂」（按：「貼堂」為粵語，即是把學生優良的作文、圖畫、勞作等掛在教室的牆壁上供同學們觀摩，以示鼓勵）。六年級時的國文老師是一位老學究，選了很多古文做教材，使我有機會汲取到不少古人的智慧與辭藻；這兩年的薰陶，我在不知不覺中變成了文學的死忠信徒。

上了初中，可以自己去逛書店了，當然大多數時間是看白書，有時也利用僅有的一點點零用錢去買書，以滿足自己的書癮。我看新文藝的散文、小說、翻譯小說、章回小說……簡直是博覽群書，卻生吞活剝，一知半解。初一下學期，學校舉行全校各年級作文比賽，小書迷的我得到了初一組的冠軍，獎品是一本書。同學們也送給我一個新綽號「大文豪」。上面提到高小時作文「貼堂」以及初一作文比賽第一名的事，無非是證明「小時了了，大未必佳」，更彰顯自己的不才。

高三時我曾經醞釀要寫一篇長篇小說，是關於浪子回頭的故事，可惜只開了個頭，後來便因戰亂而中斷，這是我除了繳交作文作業外，首次自己創作。

第一次正式對外投稿是民國三十二年在桂林。我把我們一家從澳門輾轉逃到粵西都城的艱辛歷程寫成一文，投寄《旅行雜誌》前身的《旅行便覽》，獲得刊出，信心大增，從此奠定了我一輩子的筆耕生涯。

來台以後，一則是為了興趣，一則也是為稻粱謀，我開始了我的爬格子歲月。早期以寫小說為主。那時年輕，喜歡幻想，想像力也豐富，覺得把一些虛構的人物（其實其中也有自己和身邊的人的影子）編出一則則不同的故事是一件很有趣的事。在這股原動力的推動下，從民國四十年左右寫到八十六年，除了不曾寫過長篇外（唉！宿願未償），我出版了兩本中篇小說、十四本短篇小說、兩本兒童故事。另外，我也寫散文、雜文、傳記，還翻譯過幾本英文小說。到民國一〇一年，我總共出版過四十種單行本，其中散文只有十二本，這當然是因為散文字數少，不容易結集成書之故。至於為什麼從民國八十六年之後我就沒有再寫小說，那是自覺年齡大了，想像力漸漸缺乏，對世間一切也逐漸看淡，心如止水，失去了編故事的浪漫情懷，就洗手不幹了。至於散文，是以我筆寫我心，心有所感，形之於筆墨，抒情遣性，樂事一樁也，為什麼放棄？因而不揣譾陋，堅持至今。慚愧的是，自始至終未能寫出一篇令自己滿意的作品。

為了全集的出版，我曾經花了不少時間把這批從民國四十五年到一百年間所出版的單行本四十種約略瀏覽了一遍，超過半世紀的時光，社會的變化何其的大：先看書本的外貌，從粗陋的印刷、拙劣的封面設計、錯誤百出的排字；到近年精美的包裝、新穎的編排，簡直是天淵之別。由此也可以看得出臺灣出版業的長足進步。再看書的內容：來台早期的懷鄉、對陌生土地的神奇感、言語不通的尷尬等；中期的孩子成長問題、留學潮、出國探親；到近期的移民、空巢期、第三代出生、親友相繼凋零……在在可以看得到歷史的脈絡，也等於半部臺灣現代史了。

坐在書桌前，看看案頭成堆成疊或新或舊的自己的作品，為之百感交集，真的是「長溝流月去無聲」，怎麼倏忽之間，七十年的「文書來生」歲月就像一把把細沙從我的指間偷偷溜走了呢？

本全集能夠順利出版，我首先要感謝秀威資訊科技股份有限公司宋政坤先生的玉成。特別感謝前台大中文系教授吳宏一先生、《文訊》雜誌社長兼總編輯封德屏女士慨允作序。更期待著讀者們不吝批評指教。

民國一〇三年十二月

目次

【推薦序一】老樹春深更著花／封德屏 3
【推薦序二】老來可喜話畢璞／吳宏一 6
【自序】長溝流月去無聲
——七十年筆墨生涯回顧／畢璞 17
風雨夜 23
搖椅 34
媽媽沒有哭 43
前奏曲 53
出國！出國！出國！ 62

代課老師　73
天鵝之歌　81
遊戲該停止了　92
她來到一個陌生的國度　106
那對小夫妻　115
母親・兒子・情人　128
昇華的友情　147
貴親　163
綠萍姊姊　182

風雨夜

風聲沙沙地鑽過花園裡的樹叢，雨點噠噠噠地灑在玻璃窗上；遠處，不時有汽車輪子輾過馬路上的窿洞發出的濺水聲，才不過七點多鐘，這條巷子就清靜得像是深夜，房東老夫婦和他們的小下女阿雪，早早吃完飯，就都圍坐在電視機前，沉醉在他們心愛的節目中，只有她獨自躲在自己的房間內，懨懨地斜靠在床欄上，手中捧著一本小說，眼睛卻望著空白的牆壁出神。好一個寂寞、無聊的週末夜！

這場雨，下了已有大半天。九月的颱風大都是來頭不小，現在，風小姐的羅裙還在遠海上飄揚，此間就已開始風風雨雨，看來，這次一定會大發雌威了。她剛才下班回家，在車站上等車的時候，因為出門忘了帶件小外套，就覺得涼颼颼的，只好用雙手緊緊摟住兩臂。才不過五點半鐘，天色就已濃黑如潑墨，站在風雨中，望著路旁人家溫暖的燈光，空虛的肚子不覺陣陣抽搐。好想家喲！車子為什麼還不來？我想念阿雪做出來熱騰騰的晚餐，想念每夜舒適的熱水澡，想念那張軟軟的彈簧床。能夠呆在家裡多好！而我卻必須站在風雨交加的夜街上等車，多麼命苦！

然而現在，熱騰騰的晚餐吃過了，舒適的熱水澡洗過了，斜斜躺在軟軟的彈簧床上的她，為什麼卻感到陣陣的空虛？不，這不是我的家，這間舒適的房間只是我的食住之所，我已經是個沒有家的人了啊！

風聲沙沙沙地鑽過花園裡的樹叢，雨點噠噠噠地灑在玻璃窗上，她忽然感到一股徹骨的寒意，順手把一張薄薄的尼龍被拉開蓋著身子，索性滑下去平躺著，不如早點睡覺算了，睡覺也是逃避現實的法寶之一。

有韻律的風雨聲倒像是首催眠曲，可惜，隔室電視機傳過來嗲聲嗲氣的流行歌聲和怪腔怪調的廣告聲卻撩得她心頭火起，她抽出左手，就著燈光看了看腕上的錶。天呀！時光為何過得這樣慢，還有五分鐘才八點，我不是個早睡型的人，叫我如何睡得著？與其眼睜睜的躺著活受罪，還是起來找點事情做吧！

她披了一件薄毛衣起來，坐在小書桌前，拉開抽屜，裡面整整齊齊地擺幾個放置零星雜物的盒子，一把剪刀、一把指甲刀、一枝原子筆，還有一本袖珍英漢字典，這就是她抽屜裡全部的東西；沒有帳簿，沒有信件，沒有名片，孤家寡人一個，獨來獨往慣了，她的生活已到了簡單得不能再簡單的地步。叫我做什麼好呢？作為一個女人，不要燒飯，不要洗衣，不要帶孩子，還有什麼事情可做？我真不明白那些女同事們，一天到晚在叫著忙忙忙，說什麼內外兼顧，恨不得多生兩隻手；而我，卻無聊得像隻沒有老鼠可捉，吃飽就睡的老貓。

電視機報著一部著名影片的廣告，她忽然心動起來，對了，同事們都說這部片子好看，我為什麼不去輕鬆輕鬆一下？每天一下班就躲在房間裡做什麼？掀開窗簾，外面的風雨似乎小了一點，遠遠的天際隱隱的閃著紅光，夜都市的霓虹燈像是在向她眨眼招手。去！去！現在去正好趕上末場電影，那是齣喜劇，也好獲得兩小時的開心啊！她開始對鏡化妝，鏡裡的她，有著一張很娟秀的臉，三十一歲，正是一個女人開始成熟的年齡，雖則那次失敗的婚姻使得她的心情有點衰老，但是未經生育之苦的她，看來卻依舊年輕。

因為下雨，她選了一套深色的衣服穿上，然後戴上一頂橘紅色的雨帽，披上一件橘紅色的雨衣。她走到客廳，輕輕告訴阿雪她要出去，要晚一點才回來。

她走出大門，走出巷子，截住一部計程車，十分鐘後，就已置身在五光十色的電影街上。啊！真是不能想像，風雨交加的夜晚，這裡仍然熙熙攘攘、熱鬧非凡，跟她所住的那條巷子，簡直像是兩個不同的世界，還好我出來了，跟大家湊湊熱鬧總比一個人獨坐房中聽風雨好一點呀！

走到她要看的那家電影院前面，不禁愣住了。門前冷冷落落地沒有幾個人，每個售票口都掛上了「客滿」的牌子。擡頭看看開映時刻表，末場也早已開始了十分鐘。是自己糊塗，沒有先看看報紙上的廣告，這片子比較長，放映時間改了，只好吃閉門羹。

「小姐，你是不是買不到票子？」她正在懊喪著，忽然有一個西裝畢挺的男人，走到她的身邊，操著一口純正的京片子向她開了口。

她愕然地望住他，一個高高的、整潔的、體面的男人，大約三十多歲的年紀，看來絕不像一隻黃牛。那末，他為什麼要向我兜搭呢？是色狼？還是騙子？但是，他看來都不像啊！

看見她一臉警戒之色，那個人笑了。「小姐不要誤會，我不是黃牛。我約了朋友來看電影，卻等到現在還不見人，他很可能因為下雨而爽約了。現在片子已經開映，我不能老等下去，小姐既然買不到票，所以我想把多餘的這張送給你。」

「哦！原來是這樣！不過，我跟你這位先生並不認識，我怎可以要你送？你還是讓我吧！」她放心了，覺得自己運氣還不錯。一面說著，就一面打開皮包要付錢。

「小姐，先別忙，進去再說。」那個人又是一笑，同時，很有禮貌地伸手彎腰，讓她先走。

她一想也對，電影已經開映了，還不趕快進去做什麼？反正座位是相連的，進去再給他也不遲。

跟那個人一起上了樓，果然正片已經在上映，除了銀幕上的光線，到處都是一片漆黑，帶位小姐來領他們入座時，那個人說：「小心走路！」一面，就伸出手來拉她的。她雖然不願，但也不想顯得太小家子氣，也就讓他那隻溫暖的大手握著自己那隻纖小而冰冷的手。

才坐下來，她又忙著打開皮包掏錢。他根本沒有轉過臉來，就知道她在做什麼。「忙甚麼呢？先看電影吧！一張票子的錢——難道我還怕你跑了？」他笑笑地，竟似在跟一個老朋友說話。

「好吧！散場時我再給你。」在黑暗中，她因為不好意思而臉紅了。自己多小家子氣呀！人家才不會這樣急著要二三十塊錢。

很快地，她就被電影中的情節吸引住。男女主角的美貌、景色的清幽、故事的風趣、對白的幽默，構成了高度的娛樂價值。她看得很開心，頗有不虛此行之感，坐在她旁邊的他，一直正襟危坐，全神貫注，偶然發表一兩句見解，又是非常中肯，恰到好處，而且對故事內容似乎未卜先知。

「你看過這部片子了？」她詫異地問。

「唔！嗯！沒有。我只是看過影評以及介紹的文章罷了！」

「你對電影很有研究？」

「哪裡？哪裡？略懂一二而已。」

這個人到底是幹什麼的呢？他的打扮，像個洋機關的高級職員；他的體格，像個運動家；他的談吐，文文雅雅的，又像個文化人。嗯！他說他對電影略懂一二，不會是電影界的人吧？她一時好奇，轉過臉去看他一眼，卻發現他也正在打量自己。黑暗中，四目相投，她羞得連忙別轉頭。

也許是由於難為情的關係，兩個人一直沉默著，到終場都沒有再說話。等到燈光復明時，她站起來，靦覥的問：「我現在可以把錢還給您了吧？」剛才，她已經不再稱他「您」了，經過了一段沉默，她忽然又感到對他陌生起來。

「不，到門口再說，在這裡我們會擋住別人走路。」大家都急著離場，過道上擠成一團。他伸手握住了她的一條臂膀，憑著他高大的身軀，就以護花使者的姿態，為她在人潮中殺開一條出路。

到了門口，她輕輕掙脫了他的手。從皮包裡抽出一張五十元的票子交給他說：「先生，現在我總可以還債了吧？」也許是剛才那齣喜劇的氣氛感染了她，她居然也幽默起來。

「還債？說得太嚴重了。區區之數，何必計較？難道我沒有請你看一場電影的光榮？」他把鈔票推回來，笑得非常瀟灑。

「話不是這樣說，我跟你素不相識，怎好意思要你破費？」她把鈔票又塞給他。

「這樣推來推去太不雅觀了。假使你堅持的話，我只好收下，可是我又得找錢給你，站在這裡算錢，我真的變成電影黃牛了。」他苦笑著把鈔票放進口袋裡。「這樣好不好？小姐，我請你去吃宵夜，順便找錢給你。」

「不，謝謝你了，你用不著找。」她搖搖頭。

「不用找？五十塊錢賣一張電影票，就算我真的是黃牛，也不會這樣狠嘛！來吧！客氣什麼？我們就在這裡隨便吃點什麼，吃完了馬上送你回去。Ｏ‧Ｋ？」他講的話是那麼自然而親切，笑容又是那麼懇摯而瀟灑，雖然在說話中夾了個英文，聽來卻也不覺得肉麻。不知怎的，這個人一開始就像塊磁鐵般對她有著一種吸力，使她欲拒不能。但是，一位淑女，又怎可以隨便答應一個陌生男子的邀請呢？而且，這又是個風雨夜，我應該早一點回去的啊！

她略一猶豫，心事就似已被他猜到。「小姐，還考慮什麼？我們是老朋友了呀！而且，這種天氣我怎放心讓你一個人回去？來，我們先吃點東西暖和暖和，然後我就送你回家。嗯？」他低著頭，聲音無比溫柔地對她說。

真像個大哥哥！她忽然感動得眼睛溼潤起來。幾年來的獨居生活，她往往連一個談話的對象都沒有。同事之中，女的不是忙於家庭就是忙於戀愛，下了班就各自離去。男的，也曾經有過幾個對她表示有意思，但是她對他們卻都看不上眼，不願意理睬他們。像今夜這樣，有人伴著她看一場開心的電影，有人對她這樣慇懃體貼，幾年來還是第一次啊！

她擡起頭，無言地望著他，那個人便已知道她是在默許。於是，立刻展開他慣有的笑容，伸手輕輕扶著她的手肘，引她走進戲院隔壁那家專門做宵夜生意的飯館，飯館很整潔，此刻，正坐滿了散場出來的客人。玻璃門一關，室內暖烘烘的，隔盡了外面漫天的風雨。他引她走進角落裡的一個座位上，禮貌地為她脫下雨衣。她察覺到，他的眼色曾經貪婪地在她苗條而美好的身段上掃射了一下，不過，那僅僅是一下而已，很快的，他就恢復了原有的紳士風度。他那貪婪的眼色並沒有使她生氣，相反地，她卻有了微微的得意與驕傲之感：我到底還有著吸引男人的力量呀！

兩個人對面坐下。他俯身向前，微笑地問：「小姐，你要吃什麼？」

「隨便吧！」她略略偏過頭去，避開他那雙灼熱的眼光。

「小姐們總是喜歡說隨便，尊敬不如從命，那我就隨便點了！」他笑了笑，招手叫來跑堂的，很熟練地點了一大堆菜名。一會兒，跑堂就捧來了七八樣小菜、兩碗清粥和兩杯酒。

「小姐，在這個風雨夜裡，你不反對喝一杯酒暖和暖和吧？」他首先舉起杯，向她照了照。

「我——我……」一向，她對酒並無惡感。但是又覺得此時此地好像並不應該喝。

「來嘛！你隨便喝一點，我不勉強你。」他自己先喝了一口。「為我們今夜的相遇慶祝。」

這似乎是一個很堂皇的理由，拒絕未免有失禮貌。於是，她把酒杯往唇邊抿了抿。

「不知道你的看法怎麼樣？在我看來，今夜是我生平最愉快的一個晚上。」他放下酒杯，夾了一隻蝦子放進嘴裡。一雙黑亮的眼睛，深情地注視著她。

「我，我也很愉快。」她結結巴巴地回答。這真是個難題，說「否」簡直是不禮貌而殺風景，說「是」又好像不夠「矜持」。現在，她終於困難地選擇了後者，說完了，不禁兩頰泛紅。

「謝謝你，小姐。我為你這句話乾杯。」他笑得眼睛彎彎的，一仰頭，就把杯中的液體倒進喉嚨裡。然後，他又神色自若地招呼她。「趁熱吃吧！稀飯涼了就不好吃。」

小菜味道好，清粥又香又稠，吃起來真舒服。他開懷地吃著，很少講話，但是眼光卻一直沒有離開過她。她的心很亂：假使他問我的姓名和職業，我要不要告訴他？他又是什麼人？為什麼不自我介紹一下？我方便問他嗎？跟一個連姓名都不知道的，全然陌生的人在一起，是多麼彆扭的一回事啊！

「剛才的電影真不錯！你常常出來看電影？」也許他覺得已經沉默太久，恐怕她會感到被冷落吧？忽然，又冒出了這一話題；不過，顯然地他並無意打聽她的身世。

「也不常來，偶然看看罷了！」她回答著，乘機又問：「你呢？」

「我？也不算常常，可能比你常一點，否則我怎麼從來不會在電影街上遇見過你？」

「就算遇見，你也不認識我，怎會記得呢？」她覺得他的話有點可笑。

「我會記得的，因為你太美麗出眾了。」他俯身向前，低低地說，聲音溫柔得令她陶醉，雙眼像火般燃燒著她。

「哪裡啊？」她嬌羞地低著頭，驚喜得心頭有如小鹿亂撞。

他看了看手錶，忽然嘆了一口氣。「有這樣美麗的小姐作伴，我實在不想離開你。可是，快十二點了，我還不送你回去，你的父母準會罵我把他們的乖女兒帶壞。你吃飽了沒有？我現在送你回去好嗎？」

又是一副大哥哥的模樣！她抿著嘴暗笑，三十一歲了，他還把我當小女孩看待。

笑笑的，她沒有說話就站了起來。他幫她穿上雨衣。當她挽起皮包的時候，他忽然把它接過來，說：「你還有一樣東西在我這裡。」說著，他從口袋中抽出一張五十元的鈔票，把她的手皮包打開一條細縫塞了進去。

到了這個時候，跟他推讓已是多餘，她只好任由他，只輕輕說了一句：「你這個人真是詭計多端！」代替了「謝謝」兩個字。

推開玻璃門，週末夜的街頭已由喧鬧歸於平淡，顯得靜悄悄的，風雨也似乎更加大了。他揮手叫來一部計程車，擁著她走進車內。他問她住在哪裡，她本來不想讓他知道的，可是現在已沒有辦法，只好實說。

車子開始在斜風橫雨交加下的午夜街頭滑行著。他只問了一聲：「冷嗎？」就把她摟入懷中，他的體溫以及厚實的胸膛都使她感到很舒適，整個人變得軟綿綿的，一點氣力也沒有，只好閉著眼睛任他擁著。

「我們什麼時候再見面？」他在她耳邊喃喃地問。

「隨便你吧！」昏昏沉沉中，她隨口這樣說。

他沒有再說話，像一道迅雷，又像一道閃電，忽然就把他火熱的雙唇向她的壓下去，一直把她吻得透不過氣來才放開，然後，又喘著氣附著她的耳語低聲說：「不要回家去了，我們到北投去好嗎？」

一種被羞辱的感覺使得她怒火填膺，也使得她從沉醉中突然清醒。不知道從哪裡來的一股力量，她突然坐直身子，伸出手掌就朝他的頰上重重一摑，一面厲聲地叫停車。司機錯愕地回頭望著他們，就笑笑地把車子停了下來。

她奪門跳下車，氣得渾身發抖地站在風雨中等候別的車子。那個人一手撫著被摑的臉頰，卻也沒有怎麼生氣，還把頭伸出車窗來對她說：「何必這麼認真呢？大家一起玩玩，你有什麼損失？我見過多少女人，都沒有像你這樣臭美的。現在，你只好站在這裡被雨淋了。擺！擺！」

車子嘟的一聲開走了，濺了她一身的泥水。不自覺地，兩行清淚，混和著雨水，在她的臉上簌簌流下。

搖椅

那真是一張漂亮的搖椅。架子是烏亮的檜木做成，靠背和坐的地方是用籐織成的，坐起來舒適而涼爽，正適宜於這個炎熱的季節。到了冬天，加上兩個海棉墊，又將會變成一張溫暖柔軟的沙發。

不是我崇洋，這張全身都有著優美的弧形線條的搖椅，真不像是本地拙劣的工匠做出來的，倒有點像媛媛和秀秀她們姊妹倆經常從舊書攤買回來那些厚厚的、花花綠綠的外國商品目錄中所刊載的樣本一樣，是那麼精緻而美觀。月白說那是她們母女三人設計，再把圖樣拿到木器行訂做的。簡直是在吹牛嘛！我看她們一定是抄襲商品目錄裡面的樣子，她們才不懂得什麼設計哪。

田允中坐在那張漂亮的搖椅上，閉著眼睛，搖呀搖的，想著想著，忍不住噗嗤一笑。還好老妻正在廚房中忙著，兩個女兒又還沒有回來，沒有人注意到他的憨態。於是，他重新又閉上眼睛，享受搖的快樂。唔，這搖椅設計得真好（到底是她們母女設計的呢？還是外國的專家設計的呢？噗嗤！），坐起來舒服，搖起來寫意。「搖搖搖，搖到外婆橋。外婆叫我好寶寶，外婆給我吃糕糕。」不知不覺的，他又輕輕地哼起這首四十多年前唱過的兒歌來。也不知道為什麼，自從有了這張搖椅以後，他每次一坐上去，自自然然就會想到這首兒歌。這搖椅不但舒服，而且有使人返老還童之功啊！

本來嘛！搖椅就是可以治病的。前任美國總統甘迺迪患背痛，他的醫生就勸過他坐搖椅（可憐，如今甘迺迪總統和他的弟弟羅伯都先後被人暗殺身死了）。我這些年來也老是腰酸背痛的，也真虧月白母女們細心，想到送我這件好禮物。

那一天，他像平常一樣下班回家，打開了門。咦！屋裡怎麼黑黝黝的，難道沒有人在家？他伸手摸開關，一隻手馬上被人捉住。一陣驚悸，使得他汗毛直豎，一定是家裡進了小偷了？他想叫，想撲向那隻手的主人，但那隻手是溫柔的。「爸爸，是我。你先閉起眼睛，我來開電燈。」聲音也是溫柔的，那是他的小女兒秀秀的嬌聲。

「唉！你這個丫頭，在搞什麼鬼啊！」他笑罵著。

「爸爸，你不要管嘛！快把眼睛閉上，不許偷看。」

「好吧！真是的！」他真的閉上了眼睛，黑暗中，有兩隻溫柔的手攙扶著他，走了幾步；然後，把他按坐在一張可以搖的椅子上。

「好了，爸爸，你可以睜開眼睛了。」

他睜開眼睛，電燈已經大放光明。他的面前，圍繞著月白、媛媛、秀秀母女三人，都笑瞇瞇地望著他。

「這是怎麼一回事？」他錯愕地站起身來。

「祝你生日快樂！祝你生日快樂……」母女三人沒有回答，卻忽地齊聲唱起歌來。

他傻愣愣地望著她們，又走到月曆前面看了半天，才瞇著眼睛問：「今天是我的生日？」

「對呀！今天是陰曆六月初一嘛！你怎麼忘了？」月白白了他一眼。「還是你的五十整壽哩！」

「哦！我已經五十了？怪不得記性愈來愈壞，真是老囉！」他搔著頭皮，還是傻愣愣的。

「爸爸，你喜歡你的生日禮物嗎？」兩個女兒走過來，一人摟著他的一隻臂膀，撒嬌地問。

「我的生日禮物？」他仍然摸不著頭腦。

「爸爸，你真是的！就是這張搖椅嘛！你喜歡不喜歡？」秀秀開始噘著小嘴。

「讓爸爸再坐坐看再說。」媛媛說。她年紀大一些，比較講理一點。

他再坐下去，兩手扶在那烏黑光亮的把手上，輕輕的搖了幾搖，一種舒適的感覺馬上滲透全身，一股輕微的睡意也馬上升上了眼皮。「太好了！太好了！謝謝你們！謝謝你們！」他已愛上了它。

「允中，你喜歡就好了，還謝什麼？」月白走到他的背後，幫他輕輕地搖著搖椅，好像他是搖籃中的嬰兒。「你老是喊背痛，我看見你每夜坐在那張硬硬的木椅中看電視就替你難受。本來，想買張沙發送給你的，後來一想，搖椅不是比沙發更舒服嗎？就改變主意啦！」

「這張搖椅的材料和式樣都很好，恐怕很貴吧？」他撫摸著搖椅光滑的把手，試探地問。

「不算太貴，三百元，我們三個人合起來買的嘛！」

「謝謝你啊！月白，你想得真周到！」他衷心地感謝他的妻子。現在，在他的心目中，這張搖椅真可以值得三百萬元。

「壽星公！來吃飯哪！」兩個女兒一陣風似的捲過來，把他從搖椅中扶起，簇擁他走到飯桌前坐下。啊！擺滿了飯桌的全是他愛吃的菜：冒著紅油的燉蹄膀、滷鴨翅鴨腳、炸明蝦、炒鱔糊，還有專為他準備的五加皮酒。

酒半酣，飯已飽，吃過了妻子親手送過來的冰西瓜，五十歲的壽翁舒舒服服地坐在那張嶄新的漂亮的搖椅上，面對著電視機。此刻，電視機正播放著他喜愛的節目。搖椅旁邊的小茶几擺放著一杯濃濃的清茶和一碟糖果。他搖著、搖著，看著、看著，醉飽而又舒適。啊！我有一個賢慧的妻子、兩個可愛的女兒、一個快樂的家庭、一份安定的工作。人生到此，復有何求？五十歲壽翁的眼皮疲倦了，他打了個哈欠，閉上眼睛，就在椅子輕柔搖晃的動律中入睡。

搖椅真舒服！舒服得使人一坐下去就不想起來。現在他一下班就什麼地方都不去，專心一志的享受搖椅之福。以前，他偶然出去看一場電影，偶然會跟同事下幾盤棋，有時也會跟老妻出去散散步；現在什麼事情都提不起他的興趣了，世界上還有什麼比坐在搖椅裡更舒服更愜意的呢？他坐在搖椅中看晚報、看雜誌、看電視，有時乾脆什麼也不做，只是在那輕柔的搖動中閉目養神。那輕柔搖動使他想起了廿年前從家鄉乘船到臺灣的情景，使他想起了唱「搖搖搖，搖到外婆橋」的童年，甚至好像回到睡在搖籃中的日子。假如嬰兒也有記憶的話，睡在搖籃中的滋味一定就是這個樣子。漸漸，搖椅真的變成了這個五十歲的老嬰兒的搖籃了，因為他一坐上去就要打盹。

近來開始有人對他說：「老田，你發福了！」

他照照鏡子，摸摸肚皮。可不是？一張臉胖得像彌勒佛，眼睛也只剩下一條縫。腰圍可又日廣，皮帶扣眼放了一個又一個，一爬樓梯就直喘氣……

有一次他沒趕上交通車，坐公共汽車去上班。一個初中女生一看見了他，連忙站起來讓坐。他吃驚地左右看了一下，以為她是讓給別人坐，但是，他的身邊並沒有其他的搭客。

「老先生，您請坐嘛！」女學生以為他客氣，還加了一句。

「謝謝你，小妹妹！我還沒老得連站都站不穩哩！」「老先生」這三個字對他像是迎面的一下掌摑，他按捺著滿腔的不快，跨前幾步，離開了那個好心的小女生。

我真的那麼老了嗎？洗臉的時候，他又不服氣地對著鏡子。那張胖胖的彌勒佛臉的肌肉垮兮兮地鬆弛著，粗細的皺紋在那上面縱橫交錯，兩個浮腫的眼泡皮就像兩隻裝米的小袋子。頭頂光禿禿的，只剩下寥寥可數的幾根灰髮。

這真的是我嗎？我會老成這個樣子？怪不得小女生向我讓坐？怪不得小女生稱我做「老先生」？原來我已經是個十足的老頭子了啊！他雙手掩面，踉蹌地離開了浴室，蹣跚地走到搖椅上坐下。我好疲倦！近來，即使是剛剛起床，也好像走了很多路似的那樣累。我真的是老囉！老囉！吾老矣！無能為也！還是從搖椅中尋求幸福吧！

他閉著眼睛，輕輕的搖著。不知怎的，在搖的動感中，這一次他聯想起的不是「搖搖搖，搖到外婆橋」，而是「輕搖，可愛的馬車，來把我帶回家。」那首意境蒼涼悲切的黑人民歌。他不再是個快樂的嬰兒，他變成了一個人生旅程中疲乏的旅人。

他的妻子月白捧著早餐從廚房裡出來，發現丈夫一大清早就坐在搖椅上，便關心的問：「允中，你不是不舒服吧？」

「沒有啊！我好好的！」他睜開眼睛，答應了一聲，突然感到一陣暈眩，便又閉上雙眼。

現在，這張漂亮的、烏亮的檜木架子嵌著象牙色籐綳的搖椅，不但是他的搖籃，而且也是他的病床和避難所了。晚餐後他坐在搖椅上看晚報、看電視和打盹，早上起來他也要坐在搖椅上讀報和吃早餐。遇到放假和星期日，他更是整天賴在搖椅上，一會兒叫：「秀秀，倒杯茶給我。」；一會兒叫：「媛媛，把晚報拿來。」；一會兒叫：「月白，看到我的老花眼鏡沒有？」於是，一家人整天為他忙得團團轉，而他也變成了一個真真正正要人服侍的老太爺，而且心安理得。

有一天，他的一個堂叔來看他。老先生一看到那張胖胖的彌勒佛臉和突出來的大肚子，就拍著他的肩膀哈哈大笑起來：「允中，你怎麼搞的？年紀輕輕的，這麼早就發福了？」

年紀輕輕的？他懷疑地望著他的堂叔，心裡想：老先生一定老糊塗了，以為他還是在家鄉時那個青年人，忘記時光已流轉了二十年啦！「叔叔，我今年五十啦！您老忘記了？」他笑笑地說。

「沒有！我沒有忘記，而且清清楚楚地記得你今年五十，因為我一直記著我比你大十八年的。」堂叔又是重重地往他肩上一拍。

那就對了，我也記得你娶媳婦時我還穿著開襠褲。不過，你不是老糊塗是什麼呢？五十歲的人還好意思說年紀輕輕？

「叔叔，那您為什麼還要說我年紀輕輕呢？」他問。

「比起我來，你當然還是年輕人哪！」

「不對，我們都是老人了！只不過是五十步與百步之差罷了。」他搖搖頭說。

「不對！是你不對！我六十八歲都不服老，你老什麼？難道你不相信『人生始於七十』這句豪語？」堂叔大聲地向他嚷著。

他又是悲哀地搖搖頭。「不，我沒辦法相信，因為我知道自己活不到七十歲的。」

「廢話！簡直是廢話！」堂叔的聲音更大了，一張本來就是十分紅潤的臉脹得通紅，口沫也噴到田允中的臉上。「你這是哪門子的落伍思想？從前的人說人生七十古來稀，那是因為醫藥還不發達。現在的人，活到八九十歲是平常事。你看我，每餐照樣吃三大碗，走起路來健步如飛，誰敢說我老？」

「叔叔，您身體特別好我知道。可是我不同，我只是虛胖，身體可差得很，我有病，自己心裡明白的。」

「有病為什麼不去看醫生？」堂叔跳了起來，一手揪住田允中的襯衫前胸，那樣子就像要揍人。忽然間，他的眼光落在那張搖椅上，便立刻放了手，大聲問：「你們家裡怎麼會有搖椅呢？是誰坐的？」

「叔叔，是我。」田允中低著頭小聲回答，彷彿是個做了錯事的小學生。

「你？你五十歲就想坐搖椅？」堂叔的腦袋瓜直湊到了田允中的面前。「哼！怪不得你的肚子這樣大？怪不得你說有病哪？」他的聲音像是雷震。

月白一面用圍裙擦著手一面從廚房裡走出來。「叔叔，這搖椅是我和兩個孩子買來送給他做生日禮物的，因為他常常背痛。」她真是有點心疼丈夫偌大年紀還要捱罵。

「對呀！叔叔，我的背現在已不大痛了。」田允中也乘機為自己辯護。

「錯了！錯了！你們全都錯了！」堂叔搖搖頭，用憐憫的眼光看著這對夫婦。「搖椅也許能夠暫時治癒背痛，但是，它也會使一個中年，走向衰老。允中，我相信你絕對不是真的有病，你的所謂病只是由於心理作用和缺乏運動而起。月白，我勸你把這張搖椅丟掉，去買一副羽毛球拍子，你每天陪他散散步，包他一個月內就減輕體重，恢復健康。」

田允中跟他的妻子面面相覷，半晌說不出話來。漂亮的搖椅在他們的眼中不再漂亮了；那烏黑發亮的檜木架子，那象牙色的細緻的籐綳，彷彿是個溫柔陷阱，無形的在消蝕一個中年人的健康，在消蝕一個中年人的壯志。

對！對！丟掉它！丟掉它！我們都還不到坐搖椅的時候啊！夫婦倆一起在心中這樣叫著。

「媛媛！秀秀！你們來，把這張搖椅抬出去丟在垃圾堆裡，你們的爸爸不需要它了。」月白向著女兒的房間大喊。

「慢一點。我看這樣吧！好好一件東西，丟掉了怪可惜的，何不送到那些養老院去給真正需要它的老年人享用呢？」堂叔笑瞇瞇地走過來，坐在搖椅上，一邊舒適地搖著，一邊慢條斯理的說。

「叔叔，不如您老給帶回家去算了。」田允中帶著膽怯的神情問。

「我？十二年後也許會用得著吧！」堂叔的大笑聲在整間屋子裡震盪著，直笑得田允中久久抬不起頭來。

媽媽沒有哭

咪咪，安靜一點，不要老纏著媽媽好不好？等一下把果果吵醒，媽媽就連報紙也看不成了。媽媽一個星期才捨得花一塊二毛錢買一份報紙來看，每一次都要花幾天才看完，新聞全都變成了舊聞，還好不是每天買，否則就浪費了。也真是的，四歲半的孩子，誰不進幼稚園？隔壁替人洗衣服的那個阿花的女兒，也天天打扮得漂漂亮亮的去上學。就是咪咪你的命不好，碰到我們這雙無能的父母，拿不出那筆比人家上公立大學還貴的學費。只好狠著心腸讓你天天無聊地關在家裡。爸爸說，進幼稚園橫豎也只是學唱歌跳舞剪紙畫圖認字，你這個學過聲樂的媽媽不正是個現成的好老師嗎？何苦花那麼多冤枉錢？他說得真好聽，何苦花那些冤枉錢？事實上是我們花不起，我們根本沒有那些錢啊！說得也是，恬恬不也是沒有上過幼稚園嗎？她還不是好好的渡過了那段寂寞的學前年齡？不過，咪咪，恬恬似乎比你幸福一點。第一，那個時候我們只有一個孩子，生活過得沒有現在的窘迫。第二，媽媽那個時候還有著一顆青春的心，媽媽用學過聲樂的嗓子教恬恬唱兒歌，為她說故事。而現在呢？媽媽雖然才不過三十出頭，心境卻自覺蒼老得有如四五十的中年人。媽媽沒有心情教你唱歌，沒有心情為你說故事，更沒有心情為小果果唱催眠曲。媽媽對不起你們啊！

別勾住媽媽的脖子，怪難受的。讓媽媽看看報上這張照片中的漂亮女人是誰？啊！我留義青年女高音范茜文明返國，將在臺北舉行兩場獨唱會，范小姐畢業於××大學音樂系，其後赴羅馬從名師深造，成績斐然，極受彼邦樂壇重視。范小姐擅長唱抒情女高音。在此間之兩場音樂會中，將演唱中外藝術歌曲、歌劇詠嘆調以及義大利民謠多首。啊！范茜文，是你！這世界多狹小！難得看一次報紙的我，怎麼一翻開報紙就看見你？范茜文，你成熟了，比以前更漂亮了，也成名了！真是皇天不負苦心人，恭喜你啊！

我真想去聽聽范茜文的演唱。我要聽聽她的歌喉跟以前有什麼不同？我要看看她真實的美貌，我要到後臺去找她，跟她握手，說：范茜文，你還記得我嗎？還記得我們在宿舍中分吃一個麵包的往事嗎？她一定會說，唐吟秋，我怎會不認得你？怎會忘記我們同學時歡樂的日子？怎麼樣？你現在在做什麼事呀？我什麼時候來看看你？那我怎麼辦？我能告訴她我多年來一直在家裡燒飯帶孩子？我能讓她到我們那狹小破舊的屋子裡？不！不！我不能去！我不要去！音樂會的票價很貴，一張票價就可以做我們兩天的菜錢，我不能那麼浪費，要是家中有一部電視機就好了，說不定可以在電視中看到她的演唱。要是有電視機，咪咪也不必一天到晚跑到鄰居家中揩油白看，真不曉得人家會不會嫌她。同是住這種小平房的人，為什麼別人家家都有電視機而單獨我們連分期付款的都買不起呢？

咪咪，果果在哭，去看看弟弟是不是醒了？啊！可憐的孩子！沒有玩伴，沒有玩具，沒有玩的地方，叫她不整天膩在媽媽身邊又做什麼好呢？弟弟還沒有睡，哭了一下又睡著了。好，咪咪，乖乖的坐在媽媽旁邊。等媽媽看完了報紙，就要去做飯，今天有你最愛吃的紅燒豆腐。你說這個阿姨好漂亮，對呀！她還是媽媽的同學哩！報紙為什麼要登這個阿姨的照片不登媽媽的？這，這，這因為阿姨是個很棒很棒的唱歌的人，她現在從外國回來了，要唱歌給大家聽。啊！媽媽，你帶我去聽阿姨唱歌好嗎？不行，去聽唱歌要花很多的錢，媽媽沒有那麼多的錢啊！跟爸爸要好不好？爸爸也沒有。爸爸媽媽好可憐喲！咪咪長大了一定要去賺很多很多的錢，帶爸爸媽媽還有姊姊和弟弟去聽漂亮的阿姨唱歌。咦！媽媽，你為什麼哭了？沒有呀！媽媽沒有哭，一定是剛才去買菜的時候有砂子飛進眼睛裡了。咪咪，到房間替媽媽拿一條手帕來，輕一點，不要把弟弟吵醒。謝謝你，咪咪真乖！現在你到那張小桌子上打開姊姊的一年級課本開始抄第三課的生字好不好？媽媽眼睛有點痛，要閉著眼睛休息一下，你不要來吵。等一下，媽媽去燒飯，你來幫我洗菜好不好？

天啊！我們過的是什麼生活？一個學過聲樂的女人天天關在家裡燒飯帶孩子；一個四歲半的小女孩，天天關在家裡幫媽媽帶弟弟，做雜差；還有那個學哲學的男人，卻只是一個教公民的教書匠。我們一家五口住在一間只有一廳一房的低矮平房裡，鄰居們全是一些做小買賣的人。每天，我提著菜籃到菜場去買菜，我的穿著跟鄰居任何一個女人並沒有什麼兩樣；假使不是我跟她們在氣質上有所不同，誰又看得出哪一個受過高等教育，哪一個是文盲？哼！氣質？別臭美了吧！誰懂得欣賞什麼氣質不氣質？在一般人的心目中，電影明星和歌星們的派頭和風度都最好，他們所謂的派頭和風度，就是你所認為的氣質了。對了，你會唱歌，為什麼不到歌廳去當歌星呢？聽說她們一個月有一兩萬元的收入，是誰這樣對我說過來著？這樣的話，似乎已聽過不止一次；但是，抱歉得很，我都使那些「忠告」我的人失望了。

我天生不是塊歌星的料子，我討厭搔首弄姿的女人，我有一股特殊的氣質是古恆說的，他說我雖然不漂亮，卻是清新而動人。就憑我這「清新而動人」的氣質，使得古恆在十二年前就愛上了我。哈！那個書呆子，那個小小的哲學家，他會說我有一股特殊的氣質，卻不知自己也可愛得要死，否則我怎會在那麼多的男同學中看中他的？我喜歡他那雙藏在眼框後面的大大的，永遠露出坦然神色的眼睛。他那頭似乎永不梳理的亂髮又是多麼瀟灑！夏天裡他永遠是一件白香港衫和一條卡嘰褲；天氣涼了就加上一件舊夾克。他又是那麼害羞，每次在校園中碰到，總是默默地用愛慕的眼光注視著我，幾乎到了一年之後才敢向我開口。那次，假使不是我陪美心到他們班上去找她的哥哥，古恆就失去機會了。

媽媽，你在笑什麼？沒有呀！媽媽沒有笑。我看見媽媽在笑的。啊！也許媽睡著了在做夢吧！咪咪，乖乖地抄你的生字，再過一會兒媽媽就去燒飯給你吃。唉！做夢，那甜蜜的一年，不就像是一個夢？一切都那麼不真實，那麼模糊不清。吟秋，我的小吟秋，你假如不嫌我窮，就嫁給我吧！真想不到，那個害羞的大男孩，居然在我們認識之後，不，應該說交談之後，因為他是在認識了我一年之後才敢向我開口的，然後，就在我們由交談而約會之後的大半年他居然向我求婚了。他的理由是他馬上就要畢業，畢業後又要去服役，他沒辦法等到服役回來。他說，假使我不答應他，他一定會在軍中因為相思憔悴而死。你忍心眼睜睜的看著一個有為的青年為你死去嗎？鬼話！簡直是鬼話連篇！我笑著罵他、搥他，但是也答應了他。我們都是隻身在臺的流亡學生。我們都早已厭倦了多年來的飄泊生涯。我們渴望安定，渴望一個溫暖的家，兩個人一起受苦總比一個人受苦有意義一點；那麼，兩個苦難中的孩子，為何不結合起來呢？

就這樣，唐吟秋變成了古恆的妻子，那時，她是音樂系二年級的學生，而他呢，是哲學系的應屆畢業生。他們的婚禮簡單得無可再簡單，而且是秘密舉行的。他們去法院公證結婚，觀禮的只有美心和她的哥哥。因為他們等於是他們的介紹人。公證以後，美心的哥哥請他們去吃了一頓飯，給他們慶祝，代替了送禮。然後，新婚夫婦坐公路車到新店一家可以望得到碧潭的小旅館裡渡了一天的「蜜月」。以後，新郎新娘又像以前一樣，各自回到男生宿舍和女生宿舍裡，好像一切都沒有發生過。唐吟秋，你說，這像不像一個夢？一個詩意的、浪漫的、美好的夢，然而這個夢是多麼遙遠了啊！

是哪一個古人說過的，好夢由來最易醒，而我們的這個好夢，尤其短得怕人，這個夢好像只做了一夜，好像只有幾分鐘。古恆畢業了，到金門服役去了，剩下我這個秘密的小新娘，每夜偷偷躲在被子裡飲泣。別離是痛苦的，最可怕的是加上生理變化的煎熬。為什麼我突然有了噁心的感覺？為什麼我常常在早上吐酸水？為什麼變得食慾不振臉黃肌瘦；有時對某些零食又饞得要死？上課的時候我一點精神也沒有，老是打瞌睡。好心的同學問我是不是身體不舒服，我起初也以為自己生了病。還是美心提醒我，我才恍然大悟，要命的，我一定是懷孕了。天啊！我怎麼辦？我們是秘密結婚的，我怎能挺著個大肚子去上課？寫信告訴古恆，他也急得什麼似的。他提出兩個方法讓我選擇：一個是向同學們公開我們已經結婚的事實；一個是放棄學業，到外面去找一份工作，做到他服役完畢。

假如我是聰明的，我就會選擇前者，我們的婚姻是合法的，何必怕人知道？但是，不知怎的也許那個時候年紀太輕，還不懂事吧，我只因忍受不了那種噁心的感覺以及在上課時的打瞌睡，就認為好像已到了世界的末日似的，迫不及待地要擺脫目前的狀況，不把剩下兩年多的大學學業看在眼內，馬上開始找工作。也不知那是我的幸運還是不幸，幾天以後，我就考取了一份電臺播音員的工作，待遇雖低，卻是供吃供住，解決了我全部的問題。就此，我毫無留戀的告別了我兩年多的學生生涯，告別了每日的琴韻歌聲。假使我當時沒有那樣做，而繼續唸到畢業，今天我們的生活就不是這個樣子了，儘管我不是個宿命論者，從我這些年的閱歷看來，一切世事的安排，冥冥中都似乎有一股不可知的力量在左右著，難道那就是天意？

我對我的學生生涯真的毫無留戀？不，那只是一時的衝動而已。一年多以後，我回去參觀我的班上的畢業演奏會，我不是又羨慕又忌妒又後悔的一面聽一面流眼淚嗎？瞧！在演奏會中出盡風頭的范茜文打扮得多麼漂亮！坐在旁邊的同學悄悄告訴我：范茜文那身白緞子夜禮服是她那有錢的乾媽送的，不久，她的乾媽還要送她出國深造哩！啊！范茜文你這個幸運兒，從那個時候開始，你就一直是在幸福之神的眷愛下，無往而不利。你怎會記得我們在宿舍中窮得兩個人分吃一個麵包的往事呢？還有美心，這位富家小姐，她的歌喉雖然有點沙啞，但是，她還不是獲得了熱烈的掌聲？那不單只因為她選唱了一首最通俗的歌劇選曲「美好的一天」，還因為她那件金色拖地長晚服上所鑲的亮片閃得令人目眩呀！而臺下的我，是一身粗布衣裙，家裡還有一個埋頭在改卷子的丈夫和一個哇哇啼哭的嬰兒！

媽媽，你為什麼又哭了？沒有呀！媽媽沒有哭！是那顆該死的砂子還不肯跑出來，害得媽媽直流眼淚。咪咪，好乖，你的字寫得真好。還有三行就抄完了，等你抄完，我們就到廚房去燒飯！廚房！廚房！該死的地方！你把我坑了多少年啊！自從恬恬出生以後，我那任播音員的工作也砸了，誰要一個帶著嬰兒的女職員呢？靠著那大半年工作的積蓄，我租了一個小房間，像隱居似地足不出戶等候古恆回來。那一段日子，生活雖苦，我的心是甜蜜的、快樂的、充滿希望的，我自覺堅貞一如守在寒窯中十八載的王寶釧。

是啊！那一段日子是甜蜜的。古恆回來了，他找到一份公民教員的工作。我們並沒有苛求，只要有工作，不必挨餓就好，一個讀哲學的書呆子，除了當教書匠，還能當什麼呢？那一段日子我們很快樂。白天，他去教書，我在家裡帶孩子燒飯。晚上，我們守在小小的愛巢裡，一同逗弄著可愛的嬰兒；有時我會展露一下學了兩年多聲樂的歌喉，為他唱一兩首小曲；有時，他會一手抱著嬰兒，一手挽著我到街上去溜達。貧窮算得什麼呢？我們有愛。

然而，隨著歲月的消逝，愛情似乎不再新鮮，也不那麼令人陶醉了。吃了一整天的粉筆灰的教書匠每天拉長著臉回家。累死了！恬恬別吵爸爸！怎麼？今天又吃高麗菜？哼！老黃那傢伙居然兼了級任導師。那個每次考試都要作弊的小朱下個月就要出國了。恬恬的奶粉已經吃完？怎麼這樣快？他的話愈來愈少，這些是僅存的典型的幾句。我沒有怪他，也不忍怪他，貧賤夫妻百事哀，他那瘦瘦的雙肩是承不起太沉重的擔子的。我嘗試著去找一份工作，可是，我想當的工作人家都伸手跟我要大學文憑。對不起，我們規定是要大學畢業的。有些地方根本就不讓我報名，不讓我應考，有些地方則比較婉轉：小姐，等我們有空缺的時候再通知你。不過，這全是推托之詞，騙人的鬼話，誰相信了誰就倒楣。那次，我輕易地找到了一播音員的工作，還天真地以為自己多麼了不起哪！其實，那次我完全是僥倖。如今，想去當播音員，都非戴過方帽子不可了。碰了幾次釘子，我的空中樓閣塌下來了。以前，我還一直以自己是個受過高等教育的知識份子而存有幾分優越感，現在可真看穿了一切，金錢才是萬能的，一文逼死英雄漢，就算你是個博士，一旦床頭金盡，還不是得向現實低頭？大學生滿街都是，我們這些連一紙文憑都沒有的算老幾呀？認了，認了，還是回家當燒飯婆吧！

瞧你天天到外面去找工作跑得又黑又瘦的，那是何苦？你以為我堂堂一個男子漢養不活你們嗎？那位哲學家到底心疼妻子，他的牛脾氣發作了，從那個時候開始就天天去接一大堆作文簿子回來批改，每改一本可以得到五毛錢。他說，一個晚上要是可以批改上五十本，就可以有二十五塊錢，一個月就可以得到七百五，你可不要瞧不起那五毛錢呀！事實上，他並沒有辦法賺到七百五，因為他接不到那麼多的簿子。接不到也好，我真不忍心看他深夜還趴在桌子上埋頭彎背的可憐相。而我又笨得沒法插手幫忙，我的字寫得比那些中學生的還難看，他們的錯字別字也不一定能夠找得出。唐吟秋呀！學過兩年聲樂沒有什麼了不起，你實在一無是處，還是乖乖地做個家庭主婦吧！

然後，咪咪，你又在不該來的時候來了。養一個恬恬已夠我們吃力，我們怎敢再要孩子？也許那也是天意吧！就在百密一疏的情況下，竟然被你偷渡入境。咪咪，不瞞你說，我還曾經想過謀殺你，用一顆小小的藥丸，在你還沒有成形以前，不過，我並沒有成功，而你的爸爸也始終不知道這個事，感謝上天沒有使我變成一個殺人犯。咪咪，你不知道媽媽多麼愛你，愛你的爸爸、姊姊還有弟弟。我們一家五口是一個整體，缺少了誰都不行。你不是多餘的，弟弟也不是多餘的，家裡有兩個嬌滴滴的女兒，一個活潑可愛的小兒子，不正是最理想的計劃家庭嗎？我不在乎天天吃豆腐青菜，不在乎低矮的瓦房，不在乎沒有一套見得人的衣服，也不在乎同學們個個出國、成名或者嫁給了富豪，我只要你們三個，還有你們的爸爸身體健康，平安無事。路是人走出來的，我們還年輕，我相信有一天，爸爸和我會克服目前的逆境，為你們開闢一條人生的坦途。

我的乖咪咪，生字抄完了？寫得好漂亮啊！再過一年多你就可以去上國民小學，我相信你的字一定寫得比其他的小朋友都好哩！來，我們到廚房去要開始做飯了。小果果今天也真乖，一直沒有哭。你們真可愛！有了你們，媽媽什麼也不想要了。咪咪，你看，今天中午我要做紅燒豆腐，這是你最喜愛吃的，還有糖醋魚和白菜湯。糖醋魚甜甜的，你姊姊最喜歡吃。晚上是油豆腐釀肉和紅燒茄子，那是為你爸爸而做的。只要你們快樂，媽媽也就快樂了。你不知道，媽媽是為你們而活的啊？媽媽，可惡的砂子為什麼還不跑出來，你又在流眼淚了。啊！是的，它出來了它跟著眼淚流出來了。咪咪，媽媽眼睛裡的砂子出來了。你看，媽媽現在不是在笑了嗎？

前奏曲

「……他那俊逸的儀表像是詩人雪萊，他那溫文而略帶羞澀的微笑又好像舒伯特……」不，他是中國人，我不要用外國人來形容。「他那玉樹臨風之姿使我想起了楚國的美男子宋玉，他那儒雅的神情使我想起了才高八斗的曹植……」也不對，宋玉不可能穿西裝，曹植也不可能戴眼鏡。他就是他，他誰都不像，這世界上誰也不能跟他比擬。也許，只有那個人跟他有這麼一點點相似的地方！眼鏡後面那雙微笑的眼睛。不過，算了，不要再提那個人了，那個人已從我的天地中永遠消失。現在，在我的天地中，只有他，當然還有爸爸媽媽和妹妹。自從「認識」了他，我這小天地中不知增加了多少歡樂。他天使般的面孔，他磁性的聲音，他所介紹的音樂，一切一切，都充實了我生命中的每一分一秒。無論白天和黑夜，只要我一閉上眼睛；他那雙在眼鏡後面微笑的眼睛，就會閃耀在我的眼睛中。

啊！他今天的節目多麼精采！今天他介紹了李斯特的「前奏曲」。他，安詳地坐在攝影機前，微笑地向著螢光幕前的觀眾，他的眼鏡片閃閃發光，他那雙飽含著睿智的眼睛也閃閃發光。他說，李斯特這首交響詩，是根據義大利詩人拉馬丁的詩篇而作的。啊！好動人的詩句：「生命是什麼？只不過是一連串的序曲而已；這些序曲，都是不知名歌曲的前奏；而那些不知名的歌曲，第一個莊嚴的音符卻是由死亡奏出來的。每一個生命的神秘曙光，都是愛。但是最後的歸宿又在哪裡呢？……」啊！好動人的音樂！我不懂音樂，可是，經過他的手放出來的那些唱片，為什麼都那麼好聽？就像這首「前奏曲」，莊嚴、瑰麗而悅耳，即使外行如我，也彷彿隱隱可從那些音符中間體會到生命的真諦。

今天該是他這個節目的第十一次播出吧？這將近三個月以來，他是如何的引領我走向一個新的天地裡。這個天地中有清風明月，有花香鳥語，有松濤海風，有漁舟唱晚，這個天地，充滿了詩情畫意，簡直就是人間仙境。記得當這個節目第一次播出時，當時正坐在電視機前的爸爸媽媽和妹妹都嗤之以鼻的說：「哼！是介紹什麼古典音樂的，有什麼好看？」說著，大家都紛紛走開，只有我，立刻被他俊逸的儀表吸引住，尤其是因為他那雙微笑的眼睛跟那一個人那麼相似，於是就不自覺的看了下去，希望從他那裡可以拾回一些甜美的舊夢的碎片。他安詳地坐在那裡，旁邊是一部電唱機。我記得，那天他先來一段開場白，大意是提倡音樂風氣之類。我並沒有細聽每一句話，我只是出神地欣賞他的眼睛和他的微笑。他好和藹啊！我老是覺得他在衝著我笑。噫！對了，他一定是個和藹的人，一個和藹的人絕對不會拒絕他的觀眾的，我為什麼不寫封信給他，說不定他會回信給我，說不定我們因此就變成了朋友。啊！……

竹湄把日記本闔起來，從抽屜中拿出一本淺紫色的信箋，下筆就寫：「谷音先生：」說什麼好呢？寫信給一個全然陌生的人。

「竹湄！竹湄！」媽媽的大嗓門從客廳一直嚷了進來。

什麼事情老是這樣大驚小怪的。竹湄把筆桿咬在嘴裡，皺起了雙眉，把信紙反了過去。

「竹湄，」媽媽一屁股坐在她的床上，一雙手濕漉漉的在團裙上擦個不停。

「有一件事我剛才忘記跟你講了。你王阿姨後天——就是禮拜天要請我跟你到她家去吃晚飯。這兩天你記得先去做做頭髮，看你的頭髮都直了，多難看！」

「我不要去！」竹湄把筆從口裡抽出來，嘴巴一噘。一想起那個嗓門比媽媽還大，而又整天喋喋不休的王阿姨，她就頭痛。

「為什麼？」媽媽的兩隻眼睛睜得像銅鈴似的。

「不喜歡去！」

「唉！竹湄，我真拿你沒辦法！」媽媽嘆了一口氣，她的大嗓門忽然壓低了。「老實告訴你吧！剛才我不是忘記，而是因為竹風在家，不方便講，省得她又要取笑你。」

「取笑我什麼？」竹湄氣虎虎的。

「你聽我說嘛！是這樣的，王阿姨要給你介紹朋友。聽說那個男的是個銀行行員，才三十出頭，長相也還不錯。他的父親跟阿姨的先生是同事，所以王阿姨才想到要替你做紅娘。竹湄，人家可是好心一片，你可不要失去機會啊！」

「媽，你是不是看著我這個做女兒的不順眼，想把我趕出去？」竹湄把身體往後一靠，仰著頭，雙眼注視著自己的鼻尖，冷冷地問。

「竹湄，你怎麼啦？你也不替自己想想，今年幾歲了？竹風才不過二十歲，就已有了男朋友，你可是二十七哪！二十七歲的大姑娘還不出嫁，你自己不急，人家也要替你著急。我二十七歲的時候早已生了你們姊妹兩個了。剛才我沒有當著竹風面前講這件事，就是怕她笑你，笑你要給人家相親。」媽媽用手搭上了竹湄的肩膀。「你看，媽可真會體貼你了吧！竹湄呀！星期天你乖乖的跟媽一道去，王阿姨說那位先生人品真好，你不要錯過機會呀！」

「媽，我說過不去就不去！」竹湄把媽媽的手拿開。「我還不至於老得沒有人要，還不想去被人家當貨物似的看來看去。請你替我謝謝王阿姨的好意吧！」

「你這個孩子，真是不識好歹！好吧！算我和你王阿姨多管閒事！」媽媽氣沖沖地站起來，狠狠的瞪了她一眼，然後走了出去。

竹湄也氣得渾身發抖。她呆呆地坐在書桌前面，呆呆地望著窗外黑黑的夜空出神。媽媽剛才所說的每一句話，彷彿用錄音機錄了起來一樣，不斷地在她耳邊迴響著：「你也不替自己想想，今年幾歲了？」「竹風才二十歲，就已有了男朋友。」「我二十七歲的時候，早已生了你們兩個。」「你不要錯過機會呀！」這些話，一遍又一遍地在她耳邊響著，聲音一遍比一遍高亢，終於變成了一陣陣尖銳無比的噪音，刺得她整個頭腦都像要炸開似的。

她用雙手捧著頭，緊閉著眼睛，但是，幾顆晶瑩的淚珠卻悄悄從緊閉著的眼縫中擠了出來，流到她的頰上。可惡的竹風，你以為只有你才有二十歲的青春，就要驕傲成那個樣子？天天穿著短得不能再短的裙子，頭髮卻是長得拖在背上，一個月換一個男朋友，參加舞會的次數比上圖書館還要多。哼！我也有過二十歲哪！那也只不過是幾年前的事，為什麼想起來卻是遙遠得像是經歷了幾個世紀呢？我二十歲的青春是跟那個人一同渡過的，那個有著一雙微笑眼睛的男孩子。那個時候的我，留著齊耳的短髮，裙子卻長到膝蓋下一寸，我知道有人在暗笑我是老古董，但是我卻不在乎。竹風，你的男朋友都是在舞會中結識的，我和他，卻是在圖書館中，認識的經過很平凡，也很有趣，有點像小說中的情節。我驕傲的、美麗的小妹妹，你這快要當「老處女」的不美麗的姊姊也有過值得回憶的往事哪！

圖書館裡靜悄悄的，但是卻已客滿。一個個年輕的頭顱都低俯著，埋在書本裡，在靜寂中可以聽得見書頁翻動的聲音和筆尖落在紙上的沙沙聲。

「你的筆借我用一下好嗎？」竹湄一手托著腮，一手握著筆，而筆尖卻是咬在嘴裡，正對著面前的一本文學概論皺著眉頭。聽見有人跟他講話，下意識地就馬上把筆從嘴裡抽出來。

她帶著靦腆的表情轉頭去看是誰在跟她說話，卻迎著了一雙隱藏在亮晶晶的眼鏡片後面微笑著的眼睛，那是個不相識的男孩子，就坐在她的旁邊。

「我的筆沒有了。」他舉起他的原子筆，聳聳肩，露出了一個無可奈何的表情，輕輕地說。

「你用吧！」她把筆交給他，開始繼續鑽研「文學概論」，但是一顆心卻是怎麼也不能平靜下來。

那個人很快就把筆還給她，而且立刻就離開了圖書館。臨走的時候他投給她一個溫雅、可愛的微笑，兩隻眼睛彎彎的，像初升的新月。這個微笑，竟使得她那次期中考的成績差得一塌糊塗。

後來，他們又再度在圖書館裡碰到好幾次，她知道他是物理系四年級的學生。他長得高高的，不算太漂亮，卻很可愛，他那雙新月似的微笑的眼睛，以及溫文爾雅的態度，簡直使她著了迷。她暗暗的留意，他似乎並沒有女朋友，怎麼會呢？這樣體面的一個青年人，可能是因為他太用功的緣故吧？

他們總算交了朋友，但是只限於在圖書館和校園裡。他從來不約會她，也從來不到她家裡去。他馬上就要畢業了，忙得很，哪裡有時間出去玩？她總是這樣安慰自己。

他畢業後分發到金門去服役，從此他們沒有再見過面，因為他接著便出了國，很了不起，他拿的是普林斯頓大學的獎學金，那是他出國前在信上告訴她的。她對他佩服而傾慕得五體投地，幻想有一天自己也到美國去，那時，他也許已修完碩士學位，她將把他當作哥哥一樣倚賴著，然後，等到他得了博士學位，說不定他就會向她……

溫熱的淚水又從她緊閉著眼縫中滲出來，她知道，這個幻想已永遠不能實現了。她去不成美國，因為她幾次都考不取托福，而他在美國也從來沒有寫過信給她。不久以前，她在報上看到他在美國結婚的啟事，算一算，他出國已經六年，聰明而用功的他，一定已經修完博士課程，這不正是應該成家的時候嗎？怪只怪自己癡愚，人家從未向你表示過什麼，你又何苦自作多情？竹湄，二十七歲的竹湄，女人到了這個年紀，已經是走到青春的極限了。近五年來，想想你吃過了多少個同學的喜酒？不但女同學個個都已經名花有主，就是男同學也都紛紛找到了他們的另一半。而你，卻連個男朋友的影子都沒有。現在，居然像個初中女生般寫信給一個自己所崇拜的陌生男人，不是太可笑的事嗎？

含著淚，竹湄咬著牙把那張才寫了開頭四個字的淡紫色信箋反過來，撕成一片片，「谷音先生」四個字更是撕得像粉末一般。

她把紙屑向空中一灑。淡紫色的紙屑就像片片落花般飄向案頭，飄向她的身上。在淚光中，她彷彿又看到了那雙在眼鏡後面微笑的眼睛，她不知那雙眼睛是屬於誰的。是遠在新大陸那個人的？還是這個她根本不認識的谷音的？她向自己搖搖頭，她沒有辦法知道。

然後，在她的腦海中突然響起了一陣美妙的樂音，莊嚴、瑰麗而悅耳，那正是剛才谷音在電視中向觀眾所介紹的李斯特的交響詩「前奏曲」，餘音繞樑，到現在還在她耳邊縈迴不已。然後，她又想起了谷音用磁性的聲音所朗誦的拉馬丁的詩句：「生命是什麼？只不過是一連串的序曲而已；這些序曲，都是不知名的曲子的前奏。……」……這些序曲，都是不知名歌曲的前奏，那麼，在圖書館那個人的邂逅，是不是就是我今天對谷音著迷的前奏？而我現在的這種心理，又將會是什麼事情的前奏呢？對！不知名的歌曲。拉馬丁的詩真是深含哲理，人生原來就是個未知數啊！既然是個未知數，那我又何必事事猶豫，畏縮不前？

誰說只有初中女生才會寫信給自己所崇拜的陌生人？誰說一個二十七歲的女人就不能這樣做？谷音是個和藹的人，他一定不會拒絕他的觀眾的。

竹湄打開抽屜，再度攤開淡紫色的信箋。她含笑振筆，這樣寫著：

「谷音先生：

請您原諒我冒昧寫信給您。

我是一個中學教員，本來對古典音樂一無所知，自從收看了您的節目以後，竟然對音樂著了迷，一連兩個多月，每逢您的節目播出，就非看不可。

現在，為了想對音樂有較多的認識，我想買一些唱片來聽聽，以及買一些有關音樂知識方面的書籍來研究。您能夠在百忙中抽空給我這個門外漢指導指導吧？如蒙不棄，真是感激不盡。敬祝

公安

王竹湄拜上」

寫完以後，她在信末加上地址，又仔細再讀兩遍，覺得並無不妥，就拿出信封寫上那家電視公司的地址，請公司轉給谷音。然後，把信封封好，貼上郵票，放在皮包的外層，準備明天在上課時便丟到郵筒裡。

做完這些事，她伸了一個懶腰，忽然覺得從來都不曾有過這樣的輕鬆，她認為自己做得很好。這只是一封很普通的觀眾與節目主持人之間的信，不論谷音對它的反應如何，也不會有損於她女性的尊嚴。然而，起碼她因此而有了一個美麗的希望，靠著這個美麗的希望她又可以愉快的生活下去。

出國！出國！出國！

淡玫瑰紅而近乎奶白色的、鑲著K金的珊瑚袖扣躺在紅天鵝絨盒子裡顯得好漂亮；同色的、鐫成玫瑰花形狀的珊瑚別針躺在另一個紅天鵝絨盒子中顯得更美。人家說珊瑚的顏色愈紅愈值錢，但是我不喜歡紅的，那多俗氣！還是這種淺色的看來清麗悅目。

韶英慎重地把兩個小盒子放進皮包中，同時抽出五張綠色的鈔票交給店員，然後在店員的連聲稱謝中心滿意足的走出了店門。她的心滿意足並不是因為價錢算得便宜，事實上，她也許吃虧了。在這個被美僑們稱為Haggle Alley（討價胡同）的商場中買東西，據說都要貨看三家以上，殺價一半才不會上當。而她，為了不想浪費時間，只看了兩家而且又只減了一百塊錢，怪不得那個店員立刻就一口答應啦！韶英不是個富婆，那五百塊錢已經去了她四分之一的月薪；不過，她還是很快樂，因為她已經可以送一件比較像樣的禮物給弟弟，而幾年前他來時她只能送他一條五十元的蛇皮褲帶。那時，弟弟還是個學生；現在，他長成了，還帶著個美麗的未婚妻曼婷。淡玫瑰紅的珊瑚袖扣和淡玫瑰紅的珊瑚別針正好相配，我多會選擇！

對了我還得給表姨買一份禮物。弟弟這次來，給我帶來一件毛海的毛線衣，他姊夫一瓶洋酒，孩子們一些食物，曼婷送我一件衣料。想不到，多年不見的表姨也託弟弟帶給我一把小巧的摺傘。韶英轉動著手中的陽傘，鵝黃色的花朵，草綠色的葉子也在她眼前旋轉。這正是我喜愛的顏色，表姨又是多會挑選，我該回送她什麼呢？表姨年紀大，送飾品不大合用，還是送擺設的比較有紀念性。近些年來，臺灣的觀光禮品花樣愈來愈多，我一定要選一樣美觀而又合適的。

離開剛才那家珠寶店，韶英又走進一家特產品商店。一對外國老夫婦正在對著一個銅香爐指手劃腳，兩三個店員圍著他們用洋涇濱英語在討價還價，大家正忙著，沒有人理會韶英，韶英樂得一個人自由自在的「參觀選購」。

這是一家規模相當大的觀光禮品店。嚇！真是琳瑯滿目！這裡是牛角製品、大理石製品，那邊是漆器、木器和銅器。便宜的是宮燈（顏色太庸俗了）和竹製品；貴重的是幾千塊錢一枝的珊瑚。還有什麼臺灣玉、文石和金沙石製成的別針、戒指和領帶夾，都比以前那些用牛角做的、用貝殼做的、竹篾編成的，不知進步了多少倍。

「范太太，你也來買東西呀？」

韶英東看看，西看看，正在發愁不知道買什麼東西才合適的時候，忽然間，她聽見有人在呼喚她。

一個梳著高聳的貴妃頭，畫著一副高挑的濃眉、臉蛋刷著厚厚一層粉，塗著銀紅色唇膏的中年胖太太出現在她的面前。韶英先是一愣，後來卻也驚喜地叫了一聲：「啊！江太太，是你，我差點認不得啦！」

可不是，假使不是那雙眼皮特別厚的小眼睛喚醒她的記憶，韶英又怎會認得這個比十年前胖了一倍的鄰居？

「是呀！范太太，我胖了，也老了，你當然不會認得。倒是你，還是這麼年輕，跟從前一樣。」江太太咭咭地笑著，一面上下打量著韶英。

我年輕？不囉！十年前說我年輕還可以，如今可已經接近中年的邊沿，兒子都上高中啦！韶英在暗自傷感，不過，她也很慶幸自己並沒有像江太太那樣變成了啤酒桶。

「大中，你還不來叫范媽媽？」江太太沒有等韶英回答，忽地又轉身向站在店門口附近瀏覽那些製得俗不可耐的古裝人形玩偶的年青人大叫。

那個也有著一雙厚眼皮的小眼睛，西裝畢挺的青年人慢吞吞地走過來，望著韶英，沒有開口。

「這就是以前住在我們隔壁的范媽媽呀！你不記得了嗎？」江太太大聲的說。

她的兒子勉強向韶英點了點頭，臉上半點表情也沒有。

「這就是大中？長得這麼大？咱們做鄰居的時候他還是個小學生和初中生哪！」看著這個

比自己高出半個頭可又是低了一輩的年輕人，韶英心中又有著無限感慨。

「是嘛！他現在快要出國啦！美國！大中，你那個學校叫什麼名字來著？」江太太笑得雙眼彎成了兩道細縫，說話的聲音也更響更大。

大中不耐煩地在喉嚨底含含糊糊的說了一個英文字，然後轉身走開，繼續去欣賞那些花花綠綠的古裝玩偶。

「這孩子，他就是不喜歡跟年紀大的女人講話，他嫌我們囉嗦。」江太太把身體湊過來，半掩著嘴，吃吃地笑著說。

「那我得恭喜你嘍！江太太，大中他是哪個學校畢業的？唸的是哪一系呀？」你說「我們」「囉嗦」？好，我就「囉嗦」給你看。韶英忍著笑問。

「大中是××學院畢業的，」江太太忽地把聲音降低了，好像滿有教養的樣子。「現在嘛！他還沒有決定唸什麼，他說到了那邊看情形再說。啊！范太太，你們家——你們老大叫什麼來著？他現在也上大學了吧？」

「我們漢明？沒有，他剛上高二。」

「在哪個學校呀？」

「×中。」

「啊！好極了！好極了！將來考大學考留學一定都沒有問題。你好福氣啊！范太太，那麼，老二呢？老二在哪裡唸書？還有老三呢？」現在，江太太又恢復了原來高亢的聲音。

當她還想繼續問下去的時候，她的兒子卻在那邊用低沉的聲音冷冷地叫她：「媽，別只顧說話，來幫我看看哪一個好嘛！」

「對不起！范太太，我不能陪你聊了。大中要買一個人形木偶帶到美國去送給他未來的系主任，聽說洋人都喜歡這玩藝兒。你呢，范太太，你要買什麼東西？也要送到外國去？」

「不是的，我——」

「媽，快點嘛！」那邊又在叫了。

「來了！來了！范太太，你慢慢看吧！再見！」

望著江太太艱難地挪動著她那啤酒桶似的身軀穿過窄窄的過道走向她的兒子！韶英搖搖頭，就轉身悄悄從另外一條過道走出店門。雖然這家商店的貨品種類最多，但是她沒有勇氣再跟江太太呆在一起。

走出店外，韶英發覺街上的行人似乎又比剛才多了一點，四周的霓虹燈也閃得更亮。晚上的八點鐘，正是夜都市開始活躍的辰光，此刻，弟弟和曼婷也許正在那家臺北第一流的觀光飯店中享受聲色之娛與口腹之慾吧？今夜是他們在臺北的最後一晚，明天下午就要飛回香港。本來，韶英要在家裡做幾個菜給他們餞行的，可是弟弟說，曼婷想去看看這裡夜總會的節目，明天中午再到她家吃飯吧！好吧！誰叫曼婷是個香港小姐？又誰叫弟弟愛上一個香港小姐呢？即使親如姊弟，由於分開太久，由於環境不同，興趣也就各異，這真是無可如何的事。

假使，假使自己當年不是那麼早就結婚離家，姊弟兩人又怎會一個逃到臺灣，一個逃往香港？一切似乎都是命中註定。帶弟弟逃往香港的那位堂叔在十年前去世了，留在家鄉的父母親也因為受不了共產黨的迫害相繼撒手人寰。早在弟弟剛剛逃到香港的時候，韶英就不斷的寫信叫他到臺灣來，但是弟弟說他在那邊比較容易跟父母聯絡，一有機會他就要把他們接出來。後來，兩老離開人間了，她再叫他來，弟弟又說，他只差一年就畢業，等他學業完成了再來也不遲。弟弟總是有道理的，那就等吧！從那個時候一等就等到現在，轉眼又是六、七年，弟弟在那邊早已有了一份待遇優厚而且很安定的工作，他變成了那個社會裡的一個份子，他習慣於那個社會裡的一切，似乎再也離不開了。更何況，他正準備要在那裡落地生根，成家立業哩。

除了丈夫和孩子，弟弟就是我在這個自由世界上唯一的親人了。為什麼我們就不能在一起？啊！我好孤單！算了，別想得那麼多，去給表姨買禮物吧！她也是你的親人。

迎面來了一對中年夫婦，打扮得都很體面，兩個人手中都抱著大包小包的紙包。

「李韶英！」「李小姐！」「王愛星！張先生！」三個人同時叫了起來。

「怎麼樣？這一向可好？咱們好久沒有見面了。」李韶英和王愛星兩個老同學又幾乎是異口同聲地說。

「咱們找個地方坐下來聊聊好不好！」望見路旁有一家冰店，三個中唯一的男士就尖頭鰻起來。

喝了一口冰涼的飲料，王愛星抬頭打量著韶英說：「你還是老樣子。」

「還是老樣子什有麼好？倒是你愈來愈漂亮了。」

碰到了老同學，韶英很開心，剛才的孤單之感也頓然消失。

「謝謝你！」王愛星一點也不謙虛，居然很洋派地承認了韶英的讚美。「怎麼樣？你一個人出來逛街？那一位呢？」

「他在家裡。我出來想買點東西送人。你們兩位呢？大概也是在準備大批送禮是不是？」

「可不是？他要出國了，一筆人情債是不可少的。」王愛星得意地回答。

「哦！那你呢？你去不去？」

「我不去！他去讀書嘛！去做老童生，臨老學吹打！」王愛星雖然這樣說，但是雙眼卻開心得彎成了新月形。

「真的嗎？張先生，那我得恭喜你哪！什麼時候起程呀？」一大年把年紀還去留學？韶英雖然感到有點詫異，不過她倒是衷心的為朋友感到欣喜。活到老，學到老嘛！這才是有進取心的表現。

「月底就要走。年紀大了，記憶力不好，我實在有點害怕去跟那些年輕的小夥子們爭一日之長短。不過，既然有了這個機會，愛星和朋友們都鼓勵我去，不去也可惜。」張先生用吸管攪著杯中的液體，訕訕地解釋著。

「他在年輕的時候就一直想去了，但是那時他的家境不太好，又遇到戰爭，所以去不成。現在，生活安定了，我就勸他，何不去了結心願呢？韶英，你說是不是？」王愛星在旁也幫著解釋。

「是呀！這樣就更值得恭喜了。是去美國吧？」

「當然哪！別的地方他才不去。」接著王愛星就滔滔不絕地告訴韶英，某某人的兒子一面在美國讀博士一面寄錢回來養家，某某人的女兒一去就嫁給了一位化學博士，每個月都寄兩百塊錢美金回來。某某人在美國又怎樣怎樣發達。彷彿在這個黃金國裡真的是遍地黃金，隨手可拾，而她的張先生也將會滿載而歸似的。

讓你繼續去做黃金夢吧！我可沒有時間恭聽了。韶英滿懷歉意地向她的老同學和那位即將到黃金國去做老童生的張先生告辭離開冰店，重又投身在那條「討價胡同」的行人道上。

不行，時間不早了，我得趕快買，家裡還有許多事情等著我去做哩！韶英又走進一家特產店裡。還是那琳瑯滿目的漆器、瓷器、木器、銅器、竹製品、牛角製品、貝殼製品、玉石、珊瑚、文石、蛇皮、蠟染畫、亂針繡……種類真多，多得使她無從選擇。想起幾年前這些商店大都只有些貝殼別針、漆盤子、牛角帆船之類粗劣的貨品出售，抬頭看看對街那些高聳的大樓，韶英心中又是一陣感慨：那時我們住的不也是一間破舊的日式平房嗎？如今也總算有了自己的屋子呀！

突然，她在角落裡發現了幾個大理石花瓶，其中一個的式樣特別好看，她立刻對它一見鍾情起來。對了，這正是我理想中的禮物，耐用而有紀念性，我相信表姨一定也喜歡它的。她問了問價錢，覺得自己還買得起，就選了一個價錢不太低的，店員也欣然同意，於是，那隻淺灰色的大理石花瓶就變成了韶英送給她表姨的禮物。

挾著那個沉甸甸的盒子韶英步履輕快地走向公車站，準備搭車回家。當她正要跨過馬路時，一部計程車忽地停在她身邊。

「范太太，你是不是要回家去？」車裡有人這樣問她。

她愕然地回頭一看。車中坐著母女二人，她們的身旁堆滿了一包包一盒盒從公司買回來的東西，那個咧開鑲滿金牙的嘴巴向她笑著的正是她巷口雜貨店的老闆娘。

「是呀！」她不明白她們為什麼要特地停車。

「那麼，快點上來吧！」老闆說。「我們也回去，正好順路送你。」

「那就謝謝你哪！」司機打開前面的車門，韶英就不客氣的跨了進去。「老闆娘，你們到什麼地方玩去呀？」

「沒有啊！我們哪有時間去玩？彩娥要出國去了，這幾天我天天陪她出來買東西做衣服，忙都忙死了。」老板娘的尖嗓門在喧鬧的夜街中還是十分響亮。

又是一個出國的！韶英幾乎笑了出來。為什麼今天晚上我碰到那麼許多出國的人？老的、少的、男的、女的個個都花盡心機，千方百計的想「出去」，難道全臺北市的人通通都非要「出去」不可？

「哦？你們小姐要去——」韶英忍不住地管閒事起來，她知道彩娥只不過是初商畢業的程度，照理不可能去留學的。

「彩娥要到美國結婚去啦！我的女婿是個開餐館的華僑，聽說很有幾個錢，就是年紀大了一點。不過年紀大又有什麼關係呢？年紀大的丈夫才會體貼妻子呀！像我們家那個老頭子，二十幾年來就沒有對我大聲說過一句話。」

老闆娘的滔滔不絕，又是使得韶英差點失笑。「恭喜你們兩位囉！」她憋住笑，轉過頭去望了望那對沉湎在美夢中的母女，兩張胖墩墩的圓臉都煥發著光輝，綻放著希望的花朵。今晚，這是她第三次向人說「恭喜」了，她但願她所給予這些人的祝福都能實現，而這些人的美夢也不會落空。

「謝謝你，范太太。將來有機會到美國去看看彩娥吧！她家就住在舊金山的華人城裡，很方便的。明年我也打算去一趟，去看我的孫子。」老闆娘又打開了她的話盒子。但是，她後面說的什麼，韶英根本就沒有聽見。

到美國去？可憐啊！近如香港，我都沒有辦法去一次。要不是弟弟那年跟著團體回來觀光，這次手邊還有了些錢又帶未婚妻回來看我；那麼，我們姊弟還不知道何時才能會面呢？但願那副玫瑰紅的珊瑚袖扣能代表我，把我的愛拴住弟弟的心，使他有一天想到回國來定居，和我團聚。讓那些人都出國去吧！我卻只想弟弟回來。

代課老師

他把架在鼻樑上的老花眼鏡往上推了推，開始搖頭晃腦地唸：「臣亮言：先帝創業未半，而中道崩殂。今天下三分，益州疲敝，此誠危急存亡之秋也。……」

講臺下，伴和著他那口重濁的湖南官話的，是嗡嗡營營的細語聲，像是一群忙著釀蜜的蜂兒；然而，室內並沒有花香，有的只是橡膠球鞋製造出來的臭腳味和汗酸味。

「……誠宜開張聖聽，以光先帝遺德，恢宏志士之氣……」他把聲音提高了一點，企圖壓住那些營營聲，兩隻還不怎麼昏花的老眼從前排搜索到後排。坐在第一排第六行的那個小胖子，手托「香腮」，目不斜視，似乎是在很用心的聽講，可惜嘴角一道發亮的液體洩露了他的祕密，他是在跟周公打交道啊！第三排中間的一個，頭幾乎埋到桌子下面，不用說，他在偷看的不是武俠小說就是黃色書刊。有幾個拿著筆在紙上亂塗著。後排公然伏在桌上大睡特睡的就有兩個人。其餘的就是那群嗡嗡嗡的小蜜蜂，在忙著「釀造」說話。

沒有人注意到他目光的搜索，即使注意到也沒有人在意，他們用不著怕他。他不會打他們罵他們或者向他們作任何處罰的，他只是個代課老師，一個月以後，他和他們就分道揚鑣，彼此像路人一樣，可以熟視而無睹。

這些孩子簡直太不懂得尊師重道了，這不是公然的侮辱他嗎？任你一個人喊破了嗓子，就是沒有人聽你的。他那兩個各露出一撮黑毛的大鼻孔一開一闔的，臉色也變得有點鐵青；然而，他並沒有說一句話，他只把那口氣吞了下去，繼續唸著他的「出師表」。諸葛亮的忠心耿耿使他漸忘胸臆中的不快。他甚至有點感激那位請了產假的女老師，留給他講授這課書的機會。

「……苟全性命於亂世，不求聞達於……」他剛唸到這裡，忽然間臺下有人應了一聲「有」，接著就鬨堂大笑起來，而且都笑得前仰後合的，小蜜蜂全都變成了瘋人院跑出來的神經病患者。

他愕然了，把手中的國文課本放在桌子上，大聲地問：「你們笑什麼？」

回答他的是更響的笑聲。

「到底是什麼事？假如再笑下去，再沒有人回答，我要罰你們全班都留課。」他不得不使出撒手鐧。

「留也沒有用，反正我們等下還有課。」坐在前排一個留著「畚箕頭」的學生用並不太輕的聲音說。

他假裝沒有聽見。「級長起來回答我。」在說這句話的時候他兩頰的肌肉在抽搐著。

個子比老師還要高的級長站起來了。「報告老師，因為他——」高個子指著他旁邊一個滿臉長著青春痘的同學說。「他的——女朋友名叫文達玉……」話還沒有說完，自己就忍不往嘻嘻地笑了起來，於是，剛剛靜止了不到半分鐘的笑的狂潮又再度洶湧起來，這狂潮在教室內迴蕩著、沖激著，久久不能平息。

做老師的呆住了，他不想對這件事作任何的處理，也不想再懲罰他們。高一的學生，十五六七歲的大男孩了，只因為課文中有三個字的聲音唸起來跟一個他們認識的女孩子的名字相像就樂到這個樣子，就這樣瘋狂地大笑，他們的幼稚與無知是何等地驚人啊！

他頹然地坐在椅子上，低著頭，一任老花眼鏡滑到鼻尖。

老師的沉默，大出學生們的意外。笑聲漸漸停歇，營營聲又起，小蜜蜂們飛回來了。

「你們笑夠了沒有？」他抬起頭問。他的聲音是疲乏的、無力的、蒼涼的，像一個傷心的老人在向他的逆子講話。

沒有人回答他。

他拿起書，把眼鏡架好，又繼續緩緩的讀下去。現在，有沒有人在聽講，有沒有人在睡覺，有沒有人在講話，有沒有人在偷看武俠小說，他都不在乎了。他的聲音低沉到只有他自己才聽見，他的眼皮低垂著；假使他的嘴唇不是在動著，學生真以為他是在睡覺了。

他沒有睡著，不過，事實上他已處在半清醒的狀況之間。「出師表」使他想起四十多年前的啟蒙塾師，他回到他的童年裡去。

老塾師的樣子他還記得：一張黃褐色的瘦臉長年冒著油光，紫黑色的嘴唇邊掛著幾根鼠鬚。不但臉黃，牙齒和指甲（兩隻食指的指甲多像鷹爪啊！）也都是黃褐色的；身上那件一年四季都穿著的藍布大掛的領口、胸前和肘下都積著厚厚的一層油。

「……受任於敗軍之際，奉命於危難之間，爾來二十有一年矣。……」他的頭在畫著圈子。對嘛！老塾師就是這樣讀書法的。他彷彿聽到了老塾師沙啞刺耳的聲音，橫飛的口沫也似乎噴到了他的臉上。

他下意識地用手掌擦了擦臉，忽然，又好像感到手心有點熱辣辣的。老塾師對打學生相當有興趣，別看他瘦瘦的，那把戒尺打下來也夠你受。事實上，他不常挨打，因為他的書都背得出，老塾師還稱讚過他是神童，他那篇「論武侯」就曾經贏得老塾師擊節再三。哼！神童又有什麼用？「小時了了，大未必佳」，如今，五六十歲的人了，卻還沒有一份固定的工作；三個月以前他在一個機關裡當臨時繕寫員，現在在這間中學代課，下個月呢？誰知道？

「……願陛下託臣以討賊興復之效，不效，則治臣之罪……」他的聲音越來越低沉，眼皮越來越沉重，臺下的營營聲大得驚人，他都沒有注意到。他的大嘴巴微微迸出一絲笑意，因為……

他的一個最頑皮也捱打得最多的堂兄偷偷在塾師的抽屜裡放進一隻大蝦蟆，塾師一打開抽屜，那隻蝦蟆就往塾師身上撲。啊！塾師當時張口結舌的滑稽表情真叫他永遠忘不了，當時鬨堂的笑聲雖然遠不及現在的響亮，不過，他們全體也曾因此而被罰跪一小時。啊！有趣的童年、可愛的家鄉、白髮的高堂、分別了十六年的妻子和兒女……但願你們一齊來到我的夢中。

他嘴邊的笑泯沒了，嘴唇閉攏，眼皮闔上，眼角有著小小的淚珠，但是因為有眼鏡片遮著，沒有被人發現。可能只有一分鐘的時間，他夢見了他的家鄉和妻子；就在這個時候，他的前額被什麼東西打了一下，疼痛的感覺立刻把睡魔驅走得無影無蹤。他一手撫摸著前額，一手扶著眼鏡，低頭在身邊尋找著。這時，整間教室靜寂得幾乎連呼吸的聲音都可以聽得見。

一隻小小的紙彈躺在他椅腳旁邊，他吃力地彎下身去撿了起來，用兩隻手指捏住那隻紙彈高高地舉起在半空中。他把目光輪流地在五十幾個學生的臉上掃射著，然後沉痛地問：「這是誰做的事？假使他肯自首，我答應不處罰他。不過，我要告訴你們，欺負一個年紀這麼大的老師是一件最恥辱的行為，尤其是當他只是個代課的老師時。」

每一個人都低了頭，室內一片死寂。

「沒有人肯承認？」他又問。

還是沒有人開口。

正在這個時候，下課鈴響了。他只好順手推舟的說：「好吧！明天我再給你們一個機會。」

他這句話可能根本就沒有聽見，因為每個人都在忙著收拾桌上的東西。他把那隻紙彈放在口袋裡，拍拍手上的粉筆灰，挾著書，訕訕地走出教室。他的腳才一跨出去，鬨堂的狂笑聲立刻響了起來。他像逃避什麼似的用急步走到校園，向大門口走去。當他走了十來步時，背後有人在追趕著他，同時他也聽見了有人在叫：「老師！老師！」

他轉過身來立定，看見他班上一個學生向他走來，名字雖然叫不出，但一張臉是認得的。那是個長得很可愛的孩子，眼睛又圓又大，皮膚黑黑的，身體很結實的樣子。

想不到一個這麼可愛的孩子卻做出討人厭的事，不過，總算也肯認錯，還不失是個善良的人啊！他微笑著定睛望著他，等他開口。

「老師，我對剛才那件事感到很難過。」孩子的一雙大眼睛直直地望著老師的前額，似乎要看他有沒有受傷。

「事情過去了也就算了，以後可不能再犯啊！」他一手搭在孩子的肩膀上。

「啊！老師，那不是我做的。」孩子的大眼睛在一眨一眨的。

「不是你做的？那你為什麼要來跟我道歉？」老師的一雙失神的眼睛也睜得大大的。

「真的，老師，那不是我做的。」孩子顯然誤會了老師的意見，在急急的分辯著。

「我沒有說是你做的，我只是奇怪，你為什麼要跟我道歉？」老師微笑了。

「老師，我替我的同學們感到難過，他們不應該欺負您的。」孩子因為激動而脹紅著臉。

他用手拍了拍孩子的肩膀。「你真是個好孩子，謝謝你！」他說。「不過，到底是誰做的，你能夠告訴我嗎？」

「老師，對不起，我不能告訴您，因為——」

「因為什麼？」

「因為——」孩子訥訥地說不出來。

「哦！我明白了，你怕他向你報復是不是？」他笑著說。

「老師，我勸您不要再追查這件事了，他身上有刀子的。」孩子一面說一面四周的張望著，好像怕被人家聽見似的。

「好吧！我聽你的話，我不是怕他的刀子，本來我就是不準備追究的。」

「老師，我還有一句話要說的就是：我們班裡雖然有那麼多的壞學生，但還是有好學生在裡頭的。」

「當然，當然，只要有你這一個好學生，也就夠了。」他覺得眼睛忽然有點濕潤起來。

「老師，我要上課去了，再見！」孩子向他鞠了一個躬，轉身離去。

「啊！請等一等！」望著孩子結實的身體，他突然想起了什麼，又把他叫住。

「老師，有什麼事？」孩子不解地望著他。

「你今年幾歲了？是哪一年生的？」他問。

「十六歲。民國三十七年生的。」

「啊！沒事了，你去上課吧！」

孩子走了，他也向校門走去。十六歲，民國三十七生。他眼前彷彿看見他的妻子手中抱著個嬰兒，身旁還站著三個孩子，在月臺上向他揮手。那兩滴隱藏在眼角的淚珠終於忍不住滾了下來，幸喜四周沒有人，他趕快拿下老花眼鏡，用手帕把眼睛揩拭了一下。最小的那個嬰兒現在不正和這個孩子一樣大嗎？他還活著嗎？會長得跟那個孩子一樣高嗎？其他那三個呢？還有老妻和老母呢？啊！簡直不敢想下去。

他蹣跚地走出校園，走向車站。嗡嗡營營的細語聲、鬨堂的大笑聲，流口水的小胖子，滿臉青春痘的少年，出師表、老塾師、癩蝦蟆、神童、家鄉屋前的一灣流水、大眼睛的孩子、紙彈、刀子、饑荒、餓殍……成千成萬的聲音和幻象在他的腦中翻騰著、攪動著，他感到一陣昏眩，幾乎倒了下去。

旁邊一個年輕人及時的扶住了他。「老先生，您哪裡不舒服？」年輕人好心地問。

「我沒什麼，我沒什麼，謝謝你。」他輕輕地甩掉年輕人攙扶著他的手，昂頭挺胸，走向車站上一排人的隊尾去。

天鵝之歌

下了課，李允中背著書包，習慣的走向教職員宿舍去。遠遠的，就聽到了熟習的長笛聲。長笛的音色本來是清亮明快的；不知怎的，今天的聽來卻是那麼悽愴，那麼悲涼。是由於灰沉沉的天色？是由於蕭瑟瑟的秋風？是由於黃昏的校園中的片片落葉？

他把雙手插在口袋裡，倚在宿舍門前一棵大樹下出神地聆聽著那淒涼的長笛聲，暫時，他不想進去把笛聲打斷。

宿舍門前的水龍頭下，蹲著兩個女人，一個在洗米，一個在洗菜。一個女人撇著嘴說：「你聽，鬼笛聲又來了，就像哭一樣，吵死人了！」

「跟這種人住在一間宿舍裡也真倒楣透了。不但笛聲惹人厭，那個人也陰陽怪氣的，你看見他笑過沒有？」另外一個女人說。

李允中認得：這兩個女人，一個是工藝老師的太太，一個是教務處一個職員的太太，都是學校裡有名的「赤查某」。他暗中向她們狠狠的瞪了一眼，走開了。他不要聽這些汙辱趙老師的話。

十分鐘之後，長笛聲停止了。他走進教職員宿舍去，在過道尾端一間小房間的門上，輕輕敲了兩下。

「請進來！」一個沙啞的聲音在裡面回答。

李允中推開門，看見房間裡比過道還要黑暗，在沉沉的暮色中，他的老師趙天愁正坐在窗前發呆，一隻手還握著那枝長笛。

「李允中，下課了？」趙天愁轉過臉來。

「趙老師，您怎麼不開電燈呢？」

「因為吹笛子並不需要用眼睛看嘛！」趙天愁在暗影中乾笑了兩聲。他站起來，把電燈打開。

發白的日光管照射著趙天愁那張黑裡透黃的瘦長臉，好幾天沒剃的鬍子像亂草般叢生在唇上和下巴上。他那雙有著淺褐色眼珠子的眼睛和藹地望著李允中：「還不回家去？」

「我要來聽老師吹笛子嘛！老師，您剛才吹的那首什麼曲子？真好聽哪！」

「啊！那是莫札特單簧管協奏曲第二樂章的主題旋律。好聽是好聽，就是太悲哀了一點。」趙天愁用手摩挲著那管長笛。

「那麼，老師再吹一首輕快的曲子好嗎？吹『我是一個捕鳥人』好不好？」

趙天愁用一隻手按在自己的心口上，搖搖頭說：「今天我不想多吹了，覺得有點心跳氣喘的。」他站了起來說：「我來放唱片給你聽吧！」

他的小房間只有一床、一桌、一椅。桌子靠窗擺著，上面放著一部小小的手提電唱機，一大疊唱片和一大堆書籍，只剩下一塊小小的地方供他書寫之用。

「李允中，你想聽『我是一個捕鳥人』，我放唱片給你聽。這是莫札特歌劇『魔笛』中的第一首曲子，是男中音唱的，比我用長笛吹好聽得多。」趙天愁一面說著一面在唱片堆中翻找。

當他把那部小小的電唱機打開，把唱片擱上唱盤以後，一陣寬洪的男中音，就唱出一首輕快而帶點滑稽味道的歌曲。師生兩人出神地聽著。一曲完了，趙天愁開始為李允中講解「魔笛」的內容，然後又放第二首：劇中王子唱的「多麼可愛的肖像」。

就這樣，放一首，講解一次，等到一張唱片兩面都放完，窗外的天色已經完全墨黑了。雖然他們的心靈已飽飫了美妙的音樂；可是，空虛的肚子已開始嘰哩咕嚕的在叫。

李允中站了起床：「老師，謝謝您。我要回去了。」

「好的，你回去吧！什麼時候，你想聽唱片，就來找我。」

李允中背著書包走了。趙天愁把唱片收好，穿上外衣，把房門鎖上，也走到街上去。

他走到學校對面巷口的那個麵攤上。賣麵的老闆堆滿了一臉笑容招呼著他：「趙老師，來碗牛肉麵好嗎？今天是最好的黃牛肉啊！」

趙天愁摸了摸口袋，搖搖頭苦笑著說：「不了，老闆，我今天想吃陽春麵。」他的口袋中永遠不會有錢的，一有錢，他就用來買書和唱片。

吃過麵，他無聊地到夜市去逛。他對那些花花綠綠的貨品並無興趣，只是漫無目的閒蕩著，藉以消磨晚上無聊的時間，有時也為了搜集唱片。在那家他常去的唱片行裡，他發現又新出了不少他喜愛的古典音樂唱片；然而，一想到口袋中的錢，又只好嚥了嚥口水，退了出來。

他茫然地在夜市中走著。口袋的乾癟，並沒有使他感到多大的痛苦，他已習慣於這種生活了；自從他與音樂結緣以後，貧窮就開始緊緊地跟在他的背後。當他十九歲那年，因為熱衷於音樂，不肯聽父親的話去學醫，就毅然逃出家庭，半工半讀完成了大學教育，也完成了自己的心願。可悲的是，他大學畢業後，回到戰後剛剛復員的老家，才發現父親已經在戰時病逝。當時，他很以自己的不孝而傷心；但是，後來他已不這樣想了。父親看不見自己今天的狼狽相也好，否則，豈不因為應驗了他老人家「學音樂沒有出息」這句話而氣煞嗎？

學音樂真的沒有出息？他就是為了不服這句話而出走的。可惜的是，現實竟然這麼殘酷，他到現在還沒有「出息」過；離開學校二十二年，到現在雖然沒有餓死，卻始終只能當個音樂教員，而且始終沒有受到學校當局的重視過。

假使當初我學的是鋼琴，今天的情形也許會不同。誰叫我學的什麼音樂理論？又學的什麼長笛？那豈不是活該倒楣嗎？

是的，那唯一肯在課外跟他親近的學生李允中就曾經問過他：「老師，在許多的樂器中，您為什麼單獨選上了長笛呢？」

「這個麼？也許是受了童年的影響吧？我小的時候常跟著我家的長工去放牛。長工騎在牛背上就吹笛子給我聽，我覺得好聽極了，發誓長大了也要學吹。」他瞇著雙眼，望著窗外校園中的暮靄，彷彿又看到了小時家鄉的田野。

啊！一想到那江南水鄉醉人的風光就要心碎。那縱橫的阡陌，那綠油油的稻田，那溪畔的水車，那河裡的白鵝，都依稀在目。還有那牛背上的牧笛，粗獷的、清脆的無腔短調，也都隱約可聞。可是，如今故鄉在何處？什麼時候才可以回去看到自己的親人？

這時，趙天愁就會拿出他的長笛，開始吹出一首悲悲切切、淒淒涼涼的、帶著點東方味道的調子。吹完了，李允中看見老師的眼圈紅紅的忍不在就問：「老師，這首是什麼曲子？它太傷感了，是不是？」

「這是我自己作的『思鄉』。我離開故鄉十八年了呀！又怎能不傷感？」趙天愁吸著鼻子說。

「老師，我覺得您這首曲子很好。有沒有拿去發表過呢？」

「發表？我又不是名家？有誰會要？」趙天愁把雙手一攤，做出一個無可奈何的姿勢。

「那麼，難道做音樂家都要受苦的麼？老師，我打算將來也要讀音樂系的。」做學生的問。

「假如真的能成了『家』，就不會受苦了，倒楣的只是像我這樣的人罷了！」趙天愁嘆了一口氣，又問：「李允中，你說你將來也要學音樂，你的父母會不會反對呢？」

「不會的，我已經跟我的爸爸媽媽談過了，他們都很尊重我的興趣。」

「李允中，你有一對開明的父母，你是幸運的，好好地把握著你的優越條件吧！你打算學什麼？聲樂？器樂？還是理論？」趙天愁一面摩挲著手中的長笛，一面關切地問。

「我想學作曲。我覺得我們的作曲家太少了，當今樂壇中演奏的和唱的全是外國的樂曲，彷彿沒有我們自己的音樂似的。老師，您說是不是？」

「不錯！不錯！李允中，就憑你這番見解，我就知道你將來一定會是個有為的音樂工作者。嗯！你好好地努力吧！」趙天愁望著面前這個未滿十八歲的少年，不禁深深感動起來。他站起來輕輕地拍了拍那孩子的肩膀。

「老師，假使您不嫌煩，可以不可以從現在起教我一些音樂常識和樂理呢？」李允中怯怯地問。

「你快要畢業了，抽得出時間來嗎？」趙天愁反問他。

「我相信我能夠應付得了的。」李允中眼中露出了堅定的神色。

「好的，你既然有這樣的志向，我將盡量把我所知道的傳授給你。」趙天愁又再度輕拍著那孩子的肩膀，臉上帶著一絲淒苦的微笑。

這師生倆的關係，從此又更密切了一點。多少個黃昏，李允中坐在趙老師的斗室裡，聽他講解樂理、音樂常識和音樂家的傳記和軼事，聽趙天愁吹長笛，聽趙天愁花去大部份薪水買回來的古典音樂唱片。他享受到從來不曾領略的精神上的愉快。

不過，他也注意到，老師似乎愈來愈憔悴、消瘦，脾氣也愈來愈古怪。趙天愁經常一個月都不去理髮，往往就頂著一頭亂草，留著滿臉鬍鬚到教室上課。他在宿舍中獨來獨往，誰都不理，使得同宿舍中的同事和眷屬對他也愈看愈不順眼。

好幾次，他在吹著長笛的當兒停了下來，臉色發青，嘴唇發紫，一面喘氣一面揉著心口，把李允中嚇得什麼似的。但是，一會兒，他喝口熱茶，又若無其事的繼續為李允中講解下去。

到了夏日來臨，李允中為了升學的關係，不能再向趙天愁執經問難，直到過了大專聯考，才鬆了一口氣，趕忙來看看已有兩三個月沒有晤面的趙老師（畢業的前一陣子，他們根本已沒有音樂課了）。見了面，不由得大吃一驚：趙老師怎會憔悴得這樣怕人的？眼睛和雙頰都深深陷了下去，一張乾枯黃的臉，似乎擠也擠不出半滴油來：嘴唇是失血的，說話的聲音也是有氣無力。不過，他見了李允中倒是挺高興的。他枯瘦的臉上綻開一個慈祥的微笑說：「李允中，怎麼樣？考得理想吧？」

「大概還可以，不過我沒有什麼把握。老師，您怎麼瘦了許多？是不是生病了？」

「沒有，我沒有病。只是——」趙天愁沉吟著說。「下學期我不再在這裡教書了，校長和同事們都看不慣我的作風。過些日子我便要搬出這間宿舍。」

「啊！」李允中又是吃了一驚。「那麼，老師是不是要到別的學校去教書呢？」

「走著瞧吧！多半是沒有人要請我的了，人家看到我這副德性就都害怕。」趙天愁慘然一笑。「我也許私人招幾個學生教教和聲，最好是再有個交響樂團請我去當長笛手，兩處的收入加起來也就差不多了。不過，談何容易啊！」

放榜後，李允中如願的考取了他的第一志願音樂系，當天，他就歡天喜地的去告訴趙天愁。趙天愁的健康情形似乎好了一點，他喜孜孜地請李允中到小館子裡吃了一頓飯，為他慶祝，並且說了很多勉勵的話。

八月底，李允中要到成功嶺去受訓，啟程的前夕，他去給趙天愁辭行。見了面，趙天愁皺著眉告訴李允中，他在外面還沒有找到房子，可是校長限他明天就要搬出去，因為新的教員要來了。

「明天，我暫時搬到一個朋友的家裡去，你有信給我寄到這裡就行。」趙天愁交給李允中一個地址，又說：「我有一個好消息告訴你，我又作了一首長笛獨奏曲，現在我吹給你聽。」說著，趙天愁就像個孩童般笑了起來。

長笛蠕動在他黑褐色的雙唇問，那串串的音符，有時像春風吹過柳梢，有時像是鳥兒在枝頭呢喃，有時像是流水在嗚咽，有時又像有人在低低啜泣……全曲瀰漫著濃重的東方色彩，旋律由明快而變得黯淡悲涼。李允中從來沒有聽過這樣動人的曲子，聽著、聽著，不自覺的竟流下了眼淚。當他抬起頭來，發現趙天愁正也淚眼婆娑地望著他。

「老師，這首曲子太動人了，曲名叫做什麼？您為什麼作的都是這麼悲哀的曲子呢？」李允中用手背擦去頰上的眼淚。

「怎能不悲哀呢？我把自己的靈魂都寫進去的呀！」趙天愁讓眼淚流進他的嘴角裡。「前幾天，我在燈下讀著白居易的那幾首『憶江南』。『江南好，景色舊曾諳。日出江花紅勝火，春來江水綠如藍。能不憶江南？』這首詞你讀過的吧？當我讀著的時候，我忍不住哭了，因為我想起了我的家鄉，想起了去世的父親，想起了音訊渺茫的老母親和弟弟妹妹。於是，我馬上就用音符捕捉了我的鄉愁；在這裡面，我加入我兒時聽過的牧笛，牧童的山歌，還有水車車水的音響。」趙天愁深陷的雙眼閃著光。「啊！李允中，我終於作出了一首自己滿意的曲子，雖死無憾了！」

也許是由於太興奮吧？說完了，趙天愁就喘個不停，而且臉色也變成了死灰一樣。嚇得李允中連忙為他揉著心口。

到了成功嶺以後，李允中在第一個週末就寫信給趙老師，沒有回信。到了第三個週末再寫一封，也沒有回信。李允中想趙老師也許太忙了。

緊張的八週轉眼過去。回家後的第二天，李允中立刻就按址到趙天愁寄居的那位張先生家裡去。張先生面容黯淡地告訴他：趙天愁不幸在一個多月以前就去世了。

「你的老師原來滿身都是病，心、肺和胃全都有病，病菌早已把他的身體蛀蝕得剩下一個空殼。」張先生流著淚說：「他搬來我這裡才兩天就病倒，我把他送到醫院，不到一個星期就過去。除了兩箱破書和一箱翻版唱片，他什麼都沒有留下。他臨死的時候，吩咐我把書和唱片都交給你。他說，你是個很有前途的青年。」

「啊！趙老師！趙老師！」李允中哭叫著，他一句話都說不出來。

「啊！對了，你老師還留了一卷錄音帶在這裡，等一下我放給你聽聽。他搬到這裡的第一晚，似乎興致很好。當時，有幾位音樂界的朋友在這裡，你老師吹奏了幾首長笛，我就給錄音下來。其中有兩首還是他自己作的曲子哩！你老師真了不起！可惜卻短命死了。」張先生說著，又是唏噓不止。

張先生打開了錄音機，一陣美妙清越的長笛聲就流瀉了出來。於是，李允中又聽見了那首悽愴的「思鄉」和「憶江南」在啜泣，在嗚咽，在撕裂著他的心。餘音還在，而吹笛的人已不在塵世了。想起了兩個月以前在那間小小的宿舍中聽趙天愁吹笛的情景，李允中不覺有著做夢的感覺。

「張先生，趙老師的墓在那裡？」李允中淚流滿面的說。

「我們遵守他的遺言火葬了。」

「他那枝長笛呢？」

「也一同火化了，好讓他可以帶到天堂去。」

默默地流著淚，李允中叫了一部計程車把那兩箱書和一箱唱片運回家去。在車上，他想起了趙老師以前告訴過他的一個故事：在西方的傳說中，天鵝是不會唱歌的；可是，當牠臨死時，卻會唱出美麗的歌來。所以，西方人就把藝術家們一生中最後的作品稱作「天鵝之歌」。像那位天才橫溢的音樂神童莫札特，他的「天鵝之歌」就是「A大調單簧管協奏曲」和「鎮魂曲」。可能他已知道了自己不久人世吧？要不然，兩首的旋律都那麼淒怨呢？

遊戲該停止了

那雙略略有點突出，但是卻非常靈活的大眼睛又從對面的座位上斜斜的瞟向他，每天，只不過這麼一瞟，就瞟得他心旌動搖，不能自持，他覺得他的體內彷彿灌滿了氫氣，輕快得直想往上飄；又彷彿喝了一杯法國的白葡萄酒，那又甜又香又醇的美味，使得他整個人都感到醺醺然。

他放膽回望她一眼，啊！那雙靈活的大眼睛立刻就朝他的溜溜地一轉，直轉得他的心窩裡爬滿了螞蟻。她的嘴唇真肉感，抹著淺淺的玫瑰色口紅，看來就像兩片透明的軟糖。嘴角有顆褐色的美人痣，更增加了幾分俏麗，大概有二十二三歲了吧？因為她似乎已經不是個學生了，那麼，她到底是什麼身份呢？從她每天不同的時髦服裝看來，像是個富家小姐；不過，從她每天準時跟他坐一班車出去的情形看來，又像是辦公廳女郎，她結婚了嗎？她為什麼每次碰到都要盯著我？難道，在我這種年紀，對少女們還有著吸引力？

下意識地，他用手撫摸著自己光溜溜的下巴，用手整理那本來已結得十分完美的領帶；他注視著自己兩手修剪得十分整潔的指甲，注視著腳下擦得一塵不染的高級皮鞋；終於，不自覺地流露出一個得意的微笑。

在鏡中，在親友和同事們的口中，他知道四十五歲的自己仍然年輕而俊美，上天對他特別厚待，這麼多年來，歲月竟絲毫沒有在他臉上留下任何的痕跡，兩道濃眉，依舊宜喜宜嗔；一雙深深的眼睛內，那兩顆漆黑的瞳仁，依舊可以攝取女性的芳心；希臘式的鼻子下，兩片薄薄的嘴唇，抿緊的時候像個哲人，微笑的時候又像個貴族。最難得的是，直到如今，他的髮上沒有半根銀絲，眼邊沒有一道皺紋，一七四公分的身體依然挺得直直的，而六十公斤的體重也保持了二十幾年。

七八年前還有人以為他是大學生，現在，根據他的同事們最保守的看法，認為他看來不會超過三十五歲。他那十九歲的女兒已開始拒絕和他單獨出去，因為她怕人家以為他是她的男朋友。

好多次他早晨對鏡小心地梳理著一頭黑髮時，他那坐在旁邊看報的妻子綠怡，就會瞟著鏡中的他說：「伯明啊！你愈來愈年輕了，可怎麼辦？人家會以為我是你的媽媽哩！」

「誰叫你不肯打扮嘛？」他頭也不回地，輕描淡寫的，也是毫不謙虛的回答著。

活該！這個黃臉婆！她說是這麼說，其實她是不在乎，因為她以為已經抓住了一個丈夫，就不要緊了，假使她在乎，怎會老是這副邋遢相呢？頭髮永遠不梳整齊，臉上永遠泛著油光，扁平的身軀，永遠穿著一件過了時的舊旗袍，若不是有那副八百度的近視眼鏡做標誌，人家不把她當作不識字的鄉下女人才怪！

他偷偷瞥了瞥對面一眼，那雙略略有點突出的靈活的大眼睛，正也似笑非笑的盯著他哪！他的臉一紅，本能地又摸摸下巴扯扯領帶，難道我有什麼失態的地方？再擡頭，那兩片透明的玫瑰軟糖分開了，露出幾顆晶瑩的白玉，她在向我微笑啦！既慌張，又快樂，他正想回報她一個迷人的貴族式微笑，可惜好景不常，車子到站，她翩然下車了。他把頭伸到車窗外面，貪婪地欣賞她輕擺著細細的柳腰和渾圓的臀部跨過馬路，很久很久，還癡癡地不能把視線收回來，車子過了目的地兩站，他才猛然覺醒，連忙坐上計程車趕回辦公廳。

一整天，他都心神不寧的，做什麼事都不起勁，她對我微笑了，她對我微笑了，這不是表示她對我有意是什麼？我倒不是想欺騙綠怡，或者有什麼非份之想；只是想證實一下，一個四十幾歲的男人，是不是真的對少女們有吸引力，那該是一個很有趣的遊戲吧？

把一頭還是又濃又密的黑髮梳得光可鑑人，鬍鬚刮得乾乾淨淨，第二天，他特地選了一條顏色鮮豔的領帶繫上。不，還是不要打領帶好，那會顯得更年輕些，他把領帶解下，讓短袖襯衫的領口敞開，一路吹著口哨出門去。

他如常的搭上了每晨的班車，選了個面對車門的座位坐下，他知道，她將會在下一站上車，他開始注意到這個每天同車的美人兒，已經有一個多月。但是，今天，將是不同的一天，他要回報她的微笑，也許還要向她打個招呼。

車子在第二站停下來的時候，那個美麗身影果然在他的預期中出現。一上車，大眼睛向四周很快的掃射了一下，看到了他，立刻就滴溜溜地一轉，同時露出了似笑非笑的表情，他的心怦怦在跳，鼓起最大的勇氣，向她微微一點頭，投給她一個最高貴最優雅的微笑。

看見他突然放棄了一向的矜持，她並無吃驚的表現，相反地，卻是大方地也向他點點頭，並且坐在他的身邊。

陣陣甜香從她的身上發出，薰得他更是癡迷。現在，他看不到她那雙靈活的大眼睛的表情了；不過，他卻可以看得見她白裡透紅的面頰，以及顴骨上幾點稀疏的雀斑。她的雙手交疊著放在皮包上面，他清楚地看到，她的手背白嫩而看不到一道青筋，指甲修得圓圓的，塗著沒有顏色的蔻丹。

他有著想撫摸這雙玉手的衝動，但是，另外一個最迫切的衝動卻是跟她說話，她已向我點頭微笑，而且又坐在我身邊，假使我開口跟她說話，算不算唐突呢？假如我開口，我又應該說些什麼呢？說：「小姐，貴姓？」說：「小姐，你住在哪裡？」不，那些話多麼平凡！多麼庸俗！我不要那樣說，我和她的相遇是不尋常的，是羅曼蒂克，我得想兩句動聽的句子。

「小姐，你是我所見過最可愛的女子！」不，這簡直是個登徒子嘛！「這是個美麗的早晨！」也不好，完全是西式的中國話！「我們像兩朵偶然碰到的浮雲。」笑話！誰叫你做詩的？人家還以為你是個瘋子哪！「……」，「……」，說什麼好？說什麼好？天啊！我的腦筋為什麼變得這樣遲鈍了？

「再見！」忽然間，坐在他身旁的麗人站了起來，低頭向他嫣然一笑，而且甜甜的說出了兩個字，然後翩然下車。

好像突然發現自己中了一百萬的頭獎，一時間，他竟然倉惶失措，張口結舌起來，等到他訥訥地回答一聲「再見」時，她已走下車門。

這一天，他不只心神不寧，而且簡直像患了熱病那樣焦躁不安。你這個該死的！人家都先開口了，而你居然遲遲不回答，她邊以為你搭什麼臭架子哩！等明天碰面了，要是她板起臉孔不理你，看你怎麼辦？

還好，第二天他在車上迎著的，依然是那雙秋波欲流而帶著些微笑意的大眼睛；昨天的事，還害他做了一夜惡夢哩！

他立刻把早就準備好的優雅微笑送過去，徽微欠身，讓她坐在他身邊。

「小姐，早！我首先要向你道歉，因為昨天我向你說再見的時候，聲音太小了，你也許聽不見，希望能原諒我的失禮。」抓住機會，他滔滔不絕地解釋下去，唯恐一停頓了就接不起來？

她沒有回答，先是用那雙略為突出的大眼睛向他一瞟，然後就掩住嘴吃吃地笑個不停。

他被笑得面紅耳赤，尷尬萬分。我說錯了什麼？我說錯了什麼？她為什麼這樣笑我？

「你這個人真婆婆媽媽得有趣！忽然間向我道歉起來，我還以為是什麼了不得的事情哪！原來只為了那芝麻綠豆的小事！我說，你在家裡一定很怕太太，是不是？」笑完了，她轉過頭來，就像對一個老朋友說話那麼自然而稔熟，大眼睛眨呀眨的，甜香陣陣送進他的鼻管。

她這樣隨便，他也大膽起來。突然，他起了「把遊戲擴大下去」的念頭，「你看我像不像個有太太的人呢？」他做了一個俏皮的笑容，悄聲的問。

「我怎麼知道嘛？你們男人跟我們女人不一樣，是不容易看出來的。」她乘機轉過身來，細細地打量他俊美的臉孔，大眼裡露出了欣賞的神色。

「那麼，讓我向你證實一下如何？」遊戲愈來愈有興趣了，他像個頑童似地，也愈玩愈起勁。「今天晚上，我請你吃晚飯好嗎？」

「你常常請陌生的女孩子吃飯？」她又掩嘴吃吃而笑。

「陌生？我們天天見面的呀！」他笑著說。「晚上六點一刻在夢都二樓等你，請你一定來。」夢都是一間很清靜的西餐室，是情人們約會的理想地點，他毫不猶豫的就選擇了它。

「假使我不來呢？」大眼睛又是向他一瞟。

「那我會等到海枯石爛。」他順口就這樣回答。回答得這麼得體而美妙，真連他自己也感到吃驚。

「好一張油嘴！」她站起身來。「我到了，再見！」她沒有正面回答他，但是，卻回頭向他甜甜一笑，他知道，她一定會赴約的。

今天，他又像是一隻灌足了氫氣的汽球，輕快得直想飛。在辦公廳裡，他不時地哼著歌和吹著口哨，他那愉快的樣子，使得同事們都要問一聲：「明公，是不是中愛國獎券了？」在他的辦公廳裡，凡是已屆中年的男士，都會被人以「公」相稱的，只是，他現在的心情，跟這個「公」字太不相稱。

中午，他到外面的電話亭裡打了個電話回家：「綠怡：今天晚上有同事請我吃飯，要晚一點回來。」然後，回到辦公廳裡，在一張長沙發上躺下來午睡，他要把精神休養好，以免辜負晚上那個甜蜜的約會。

六點廿分，在夢都玫瑰紅色的燈光下，他果然等到了那個有著玫瑰色雙唇的人兒，她含笑走向他：「來了很久？」

他癡癡地望著她那裹在一件淺紫蘿蘭色薄紗旗袍裡面曲線玲瓏的軀體，反問她：「你回家換過衣服了？我記得今天早上你穿的是一件綠條子的迷你裝。」

「你的記性太好了！早上我說你婆婆媽媽是不錯的。」她在他的對面，立刻就吃吃地笑了起來。

他被她笑得有點不好意思，但是，卻涎著臉說：「我的婆婆媽媽都是為了你嘛！誰叫你長得那麼漂亮，使得我對你這樣癡迷？」

「好壞呀！你這個人！我們今天才第一次認識，你就開始說這種不老實的話了，當心我以後不理你。」她鼓著腮，假裝生氣，樣子顯得更可愛。

「我的好小姐，小生下次不敢了。現在，請小姐點菜。」他向她敬了一個軍禮，把菜牌雙手遞了過去。

侍者把菜牌拿走以後，他立刻俯身向前，柔聲地問：「小姐，我可以請問芳名嗎？」

「為什麼不可以？我的英文名字是琳達，你叫我琳達就行。」大眼睛又是那麼似笑非笑地向他一瞟。

「尊姓？」

「別問那麼多好不好？你也應該先自我介紹一下呀！」大眼睛滴溜溜地在轉。塗著淺色口紅的嘴唇像兩片透明的玫瑰軟糖。

「我？」他笑了笑，做遊戲的玩心更熾熱了。「我叫湯尼，上海人，現在××貿易公司擔任國外部主任，這樣夠了沒有？」他半真半假地說。

「家住在哪裡有些什麼人？」她卻認真的盤問著。

「就住在你上車的前一站呀！家裡嗎？除了我之外，還有一隻貓一隻狗。」他故意裝得一本正經的樣子。

「我不來了，你壞死啦！」她掄起粉拳，作出要打他的樣子。

「這怎能算是壞，是事實嘛！琳達。」他凝視著她的大眼，「你還沒有告訴我你是誰哩！」

「我是你的同鄉，也是你的同行，在××行做打字員，家裡有爸爸媽媽和弟弟妹妹。你看，我說得夠詳細了吧？」她歪著頭，愛嬌地問。

對了，我的猜想沒有錯到哪裡。她已經不是學生，而她的打扮，正是職業上的需要。「謝謝你告訴我，琳達，可是，你還漏了一句很重要的。」他故作神秘地。

「什麼嘛？我差不多把什麼都告訴你了。」她嬌嗔著。

侍者送上兩盤濃湯，打斷了他們的談話。

「你還沒有告訴我你有沒有男朋友。」他用優雅的手勢輕輕舀起一匙湯送進嘴裡，然後柔聲地問。

「你這句話不是多餘的嗎？有的話，我為什麼會跟你在一起吃飯？」大眼睛狠狠地瞪了他一下，接著就放肆地笑了起來。

他也跟著笑了。這一笑，使得兩個人更像老朋友般的融洽。

兩個人愉快地吃完了那頓豐美的晚餐。飯後，他送她回家，她只讓計程車開到巷口就下車，理由是巷子太窄，不好倒車。

分手的時候，他依依地問：「我們什麼時候再見面？」

「我們不是天天都見面嗎？」她又是掩嘴吃吃而笑。

「在車上的見面不算數，我的意思是一起玩。」

「以後再說吧！擺擺！」她向他揮揮手，然後娉娉婷婷的走進了黑暗中。

雖然沒有喝酒，但是她的嬌美已使他陶醉了。他趺趺撞撞，昏昏沉沉的回到家裡，綠怡正捧著一本書坐在床頭等他。

「為什麼不出去玩玩？整天悶在家裡不太好啊！」他有點內疚地對妻子說。

「伯明，你是不是喝醉了？」綠怡吃驚地望著她那表情有點怪異的丈夫。「我一向就不喜歡出去玩，你又不是不知道，為什麼這樣問我？」

「我知道，我知道，只是隨便問問罷了！」他心慌地應著，連忙躲進了浴室。

綠怡，你既然生就這副怪脾氣，喜歡一天到晚躲在家裡，那就別怪我不陪你出去玩。真不明白自己當年怎麼會莫名其妙地選上這個書呆子的？那個時候，他很欣賞那個戴著副四百度近視眼鏡、穿著藍色陰丹士林布旗袍的女孩子的書卷氣；然而，如今四百度眼鏡變成了八百度，到了中年依舊不修邊幅，身為家庭主婦而仍然沉迷典籍，就不怎麼討人喜歡了。想到剛才那個跟他一同吃晚飯的陌生而又稔熟的女孩子，他的心不覺又怦怦然。那她自己告訴他的，她喜歡跳舞、聽歌、看電影、游泳、溜冰、打保齡球。她隨和、風趣、健談、愛笑，正是個理想的玩伴。看來，我這場有趣的遊戲的確是選對了對手。

只是玩玩，逢場作戲，我們純潔得很，沒有關係。他這樣自我解嘲著。開始跟那個有著一雙略略突出的大眼睛的琳達約會了一次又一次。他總是向妻子撒謊說要加班、開會、同事結婚、生日或者請吃飯。他帶她上館子、夜總會、歌廳、電影院，有時也童心未泯的去游泳、溜冰、打保齡球。他向她約會，她大多數答應，偶然也推說有事。

有一天，她說是她的生日，他帶她到委託行去，買了一件高級衣料送給她，她高興得在計程車上把整個人偎在他懷裡。又有一次，他送她回家的時候，她半路上在一家食品公司門前下了車，說明天是她媽媽的生日，她要買一個蛋糕回去。於是，他替她買了一個最大的蛋糕，並且附送了許多高貴的食品，以後，她就常常說出她家中的重大「節日」：她爸爸媽媽的結婚紀念哪！大弟弟高中畢業哪！大妹妹考取高中哪！小妹妹十歲生日哪！而他也都乖乖的自動為她準備禮物。他覺得，能夠為她做點什麼，那也是一種樂趣。

有一次，下了班以後，他和她去看電影。在開映之前，他們雜在人叢中等候進場。忽然間，他聽見有人大聲在叫「爸爸」，就在這一剎那，他看見女兒排開眾人向他走來，已經來不及躲避，只好硬著頭皮等在那裡。

「爸爸，你也來看電影？」女兒走過來拉著他的手。忽地，又發現了他身旁的她，就大叫：「美芝，你也在這裡？你認識我爸爸？」

「今天我還是第一次知道他是你爸爸哪！」她冷笑著說，大眼睛無限幽怨地瞅著他，玫瑰軟糖似的嘴唇噘得高高的。

「爸爸，你怎會認識美芝的？她是我的同學呀！」女兒緊緊地追問。

「嗯！唔！是這樣的，」他困難地解釋著。「這位小姐是我一個同事的朋友，本來約好了三個人一起來看電影的，不知道他為什麼到現在還不來。小姐。」到現在，他還不知道她姓什麼，只好這樣稱呼她。「我看這樣吧！讓我女兒跟你們一起看電影。我先回去了。」說著，也不等她們回答，把票子塞到女兒手裡，就踉踉蹌蹌地離開了電影院。

喘著氣回到家裡，他羞慚得不敢面對妻子，立刻就倒在床上，把一張寫滿了悔悟的臉對著牆壁。

他的妻子綠怡疑惑地跟進臥室裡，坐在他床邊問：「伯明，你不是說今天晚上加班的嗎？怎麼這樣早就回來？」

「我有點不舒服。啊！還有，因為有一個同事要請我看電影，所以我把班讓給別人去加了。我在電影院門口還碰到小怡，後來我因為有點不舒服就先回來。」他背著妻子這樣說。他知道，女兒回來一定會提到這件事的，不如自己先說了出來。

「你到底哪裡不舒服？要不要買什麼藥吃？」綠怡關心地問，一面還伸手摸他的前額。

「不，不用吃藥，我只是太累了，睡一會兒就好的。」他連忙閉上了眼睛。

他真的睡著了。在夢中，他跌進一個泥窪裡，正在愈陷愈深的時候，一個人及時向他伸出了援手，救他出險，那正是他那個戴著一副八百度深近視眼鏡的黃臉婆。

當他渾身冷汗醒過來的時候，聽見女兒正在客廳裡跟她母親在談話的聲音。「……她最不要臉了，天天都在換男朋友，不論誰請她都去，誰送禮物都接受，我們都不大理她。一個暑假沒見面，不知道她怎會勾搭上爸爸的同事的？」女兒唧唧喳喳地說完了就走進他的房間。「爸爸，你要警告你的同事對美芝小心一點，她不是個好女人啊！」

「小怡，你爸爸在睡覺，不要吵醒他。」綠怡也跟了進來。

「不要緊，我已經醒了。」他只好轉過身來說。「小怡，你說我那個同事的女朋友是你的同學？她年紀比你大，而且看來也不像個學生嘛！」

「那有什麼稀奇？我們夜間部的同學，三四十歲的人多得是，她也只不過二十幾歲，根本不算年紀大嘛！爸爸，我告訴你，那個姜美芝白天是個打字員，是個標準花瓶，也是個交際女郎。聽說她的爸爸失業多年，家裡很窮，她就靠著自己的美色，專門去騙男人的錢。所以，你一定得通知你的同事小心才行。」小怡坐在他的床邊上。「還有，爸爸，我忘記告訴你了。美芝剛才因為等不到她的男朋友，在電影院裡就向我問長問短的打聽你的事，好像對你很有興趣的樣子。後來她居然說：『你爸爸長得那麼年輕英俊，叫你媽得當心他在外邊交女朋友啊！』」小怡說到這裡，就轉向她媽媽說：「媽，你說她這句話是不是也有點道理？爸爸的樣子太年輕了，根本不像個四十幾歲的人，你真的得當心啊！」然後，她又撒嬌地搖撼著她爸爸的肩膀：「爸爸，你從明天起就留鬍子好不好？留了鬍子就不會顯得這麼年輕了。」

內疚、羞慚、自責與悔恨種種複雜的感情在他的胸臆中激盪著，他的眼眶漸漸溼潤起來，假裝打著哈欠，他含含糊糊地回答：「別說傻話，爸爸不是那種人，你媽又不是不知道。」

「是呀！小怡，你是小孩子，千萬別亂說話，傳到外面不好聽。伯明，你想不想喝杯牛奶或者阿華田，我去給你沖好不好？」綠怡雖然是個書呆子，不過，她也是個賢妻。

「謝謝你，綠怡。我不想喝什麼，只想靜靜躺一躺。」他垂著眼皮，不敢看他的妻子。

「也好，你睡吧！小怡，我們出去看電視，別吵你爸爸。」

母女兩人走出房外。他把雙手枕在腦後，呆呆地望著天花板出神。乳白色的天花板上出現了一雙略略有點突出的靈活的大眼睛，兩片櫻唇就像是透明的玫瑰軟糖，嘴角還有一顆美人痣；大眼睛滴溜溜在轉，玫瑰軟糖一定又香又甜，當它綻開的時候。褐色的美人痣就輕輕在跳動著。啊！不要想她了，不管她是淑女、是蕩婦，我都已沒有愛她的權利。我和她相差了二十年，她是我女兒的同學，而我又是個有妻子的人。有趣的遊戲該停止了，從明天開始，我得放棄那比較舒適的民營巴士而去擠公共汽車上班。

她來到一個陌生的國度

米蓮跟著那位胖胖的總經理走進大辦公廳，立刻，每一張辦公桌後面的眼睛——大眼睛、小眼睛、單眼皮的、雙眼皮的、戴眼鏡的、不戴眼鏡的……一共二十幾雙眼睛，一起攫住了她小小的個子，使得她戰慄，使得她不安。

「各位同事，這位是米小姐，是T大的畢業生。從今天起，米小姐要在我們公司裡擔任英文文書的工作。」胖總經理一一為她介紹著，什麼主任、什麼股長的一大堆，一會兒王先生，一會兒陳小姐，使她記也記不清，聽了馬上就忘掉。

米蓮發現：在那二十幾眼睛裡面，又有著多種表情，有肅然起敬的，有冷漠的，有羨慕的，也有輕蔑的；於是，她更加戰慄，更加不安，幾乎想返身就逃。好不容易克制著自己的恐懼感，勉強擠出一個微笑，算是向她的新同事們招呼。即使面前沒有鏡子，她自己也察覺得出，那個微笑是多麼的僵硬與不自然。

糟糕了！我這個人怎麼這樣笨？剛才在家裡，媽媽不是千吩咐萬吩咐，一定要我說「請多多指教」這句話的嗎？可是啊！這叫我怎麼說得出來？這句話多麼的世故、虛偽與圓滑，跟我這個人多麼不相配！何況？在慌張中，我根本就把它忘得一乾二淨？

「米小姐，這是你的辦公桌。」胖總經理把她領到一張靠近總經理室門口的辦公桌前對她說。她又只是拙劣地一笑，忘記了道謝。她的過度沉默，使得本來堆滿在胖總經理臉上的笑意逐漸減少。「你先坐下來，等一會兒張主任會把工作交給你。」

望著總經理矮胖的背影消失在彈簧門後，米蓮頓時有被拋棄在荒漠上的感覺。總經理和張主任是她在這裡唯一認得的兩個人，而現在，總經理帶著消失了笑意的臉孔把她丟在這間大辦公廳裡，而張主任又還沒有露面。她孤獨地坐在那張相當漂亮的辦公桌後面。一會兒把雙手擱在玻璃墊上，暗暗計算著坐在她前面那個中年婦人腦後的白頭髮；一會兒，又把雙手放在大腿上，眼觀鼻，鼻觀心的，像老僧入定一般。對這大辦公廳的一切，她有著一股強烈的好奇心，她很想仔細觀察一下；但是，她沒有這份勇氣。她下意識的感覺到；在她的四周，也有無數好奇的眼光在窺伺著她，他們想知道她，正如她想知道他們一樣。

她也知道，她整個人跟這裡的環境都是不調和的。早在一個星期以前，她接到這家公司的錄取通知時；不，早在她快要畢業的一個月前，她的母親就整天的在跟著嘀咕：「阿蓮，我看你得去做幾件像樣的衣服，買兩雙半高跟鞋了。馬上就是個大學畢業的人，馬上得出去做事了，別再穿這些破衣服破裙子好不好？你看，你的同學們個個打扮得多漂亮，就是你一副邋遢相，真不像個女孩子！家裡又不是買不起給你，你別給我丟人啦！」

「媽，人是衣服的主人，而不是衣服的奴隸。我穿著這些破衣服破裙子，覺得舒服和快樂，為什麼要強迫自己去穿那些不喜歡穿的衣服呢？」她滿不在乎地回答。

「我不跟你這個傻丫頭講下去，強辭奪理的，簡直莫名其妙，我不管，我要去買些衣料來給你做，做好了看你穿不穿？」她總是不肯聽媽媽的話，媽媽都有點生氣了。

她笑了笑，不再爭辯下去。她知道這樣爭辯下去是沒有結果的。反正，我不要穿媽媽給我買的衣服就是，她在心裡這樣暗暗決定。而結果，媽媽也並沒有自作主張的去替她買，因為媽媽也知道她的倔強的性子。直至她接到錄取通知那天，媽媽才半強迫半哀求的，要她跟她一道上街去買了兩件現成的布袋式素色洋裝，那都是她自己挑選的，其中一件現在就穿在她身上。

而這件在她所有的衣服中最漂亮的一件，在這個大辦公廳中竟然失色。剛才總經理把她介紹給同事們的時候，她雖然並沒有怎麼細看，不過，她已直覺到所有的女同事個個都打扮入時，甚至那個倒茶給她的小姑娘，都穿得比她好。

我是不在乎的，正如我在學校時並不在乎自己穿得比所有的女同學都要寒傖一樣。想到這裡，米蓮立刻勇敢地抬起頭來。就在這個時候，她發現坐在她前面那個中年婦人正在跟一個年輕的女職員望著她交頭接耳哩！

看見米蓮已發現了她們的「秘密」，中年婦人立刻咧開了塗著紫紅色口紅的大嘴，笑得滿臉都起了皺的說：「米小姐，我剛剛跟陳小姐說，你的樣子好小，看來還像個中學生。你今年幾歲啦？」

「廿二。」米蓮冷冷地回答，她很不喜歡別人把她當作小孩。由於她的個子小，又不打扮，到現在為止，還有很多人稱她作小妹妹。

「真看不出，我們還以為只有十七八歲哩！李大姊說，她的女兒今年十九歲，看起來不知比你老氣多少哩！」那個塗著藍色眼膏畫著眼線的陳小姐也接了口。

「真的，米小姐，你為什麼到現在還不燙頭髮呢？燙起頭髮才像個大人嘛！我那個女兒呀！去年夏天，一考完畢業考，第一件事就是跟我要錢去燙頭髮，然後又做衣服買高跟鞋的花了我不少錢。那個死丫頭才絕哪！凡是有人送我衣料，只要她看上眼的，就都搶了去給自己做衣服，我的化妝品也全都給她用光。我就逼著她說：死丫頭，你快點去當家教賺錢來給自己花吧！媽媽可供你不起！你們猜，她怎麼說。她說：媽，我才不要當什麼家教哪！忙都要忙死了！大學時代是我們一生中的黃金年華，我要好好的享受享受我的青春哩！」中年婦人滔滔不絕地說，口沫都幾乎噴到米蓮的臉上。她說完了，自顧自的大笑了一陣，然後，又對米蓮說：「米小姐，不是我多嘴！一個女人，還是趁著年輕的時候打扮打扮的好，等到老了，就是再打扮也不會好看的。陳小姐，你說是不是？」說著，紫紅色的嘴唇一抿，厚眼皮的小眼睛一瞟，彷彿自己有多年輕多美似的。

「可不是？所以呀！我每個月的薪水就全都花在打扮上面，我那個死鬼還常常為了這些事跟我嘔氣哪！」陳小姐把眼皮往下一垂，那兩道描出來的眼線便露在眼皮當中，看起來好不嚇人。「哎喲！」忽地，她輕輕叫了一聲：「主任回來了，咱們等下再聊吧！省得挨官腔。」陳小姐一扭一扭地回到自己的座位上，開始滴滴答答地打起字來。李大姊也一本正經的正襟危坐，把一個算盤撥得震天價響。

架著眼鏡、面無表情的張主任昂著頭從排列著的辦公桌走過去。經過米蓮的身旁時，他彷彿沒有發現她的存在，筆直就走進了總經理室。

看見每一個同事都在埋頭苦幹，米蓮的心不禁直往下沉，為什麼還不派工作給我做呢？我這樣乾耗在這裡坐冷板凳，算什麼名堂啊？以前在學校裡的時候，如果那一節遇到教授臨時請假，大家總是高興得跳起來把課本和筆記簿拋得半天高。有些人回宿舍睡覺，有些人上福利社，有異性朋友的，就躲到校園的綠蔭深處去談情說愛。可是，現在的我為什麼這樣討厭空暇和害怕冷落呢？難道就是社會和學校的不同之處，以及做學生和做職員的分別？啊！四年的光陰為何轉眼即逝？假使時光能夠倒流，我還是寧願去做學生好。

在算盤與打字機的滴答聲中，趁著大家都低頭工作，米蓮放膽的打量著四周的環境，她看見在距離她不遠的牆壁下，放著一個報架。她很想去拿一份報紙來看看，以打發這無聊的時間；但是，她又沒有勇氣站起來。沒辦法，只好低頭數著自己手錶上秒針走動的次數；偶或抬起頭又去算算那位李大姊腦後露出的白頭髮。

好不容易把秒針數到了一千零一圈，這時的她，由於太專注的關係，已進入了忘我的境界。忽然，有人站她的辦公桌旁叫了一聲「米小姐」，把她嚇得幾乎跳了起來。

是那個又黑又瘦的張主任，雙眼在眼鏡後面閃閃照人，平板的臉卻是沒有半點表情。「米小姐，這裡有幾封信，請你用英文覆一下。另外這幾封，是我們以前的存底，你可以參考它的格式。有不明白的地方，你可以隨時來問我。」張主任官腔十足的說著，把一疊信和一些空白信紙放在米蓮的桌子上，就昂然的走開。

總算有了工作；米蓮開心的噓了一口氣，再看了看錶，是十點三十五分，假使沒有這疊信，叫我怎樣捱到中午呢？她把四封要覆的信看了一下，都是國外的商人詢問貨物入口情形的，總經理已用中文批示在信末，簡單得很，幾句話就可以說完。她又隨便翻了翻以前覆信的存底。哼！有很多句子的文法根本不通，所用的字眼又是最通俗最淺易的。我堂堂一個外文系畢業生豈有連一封簡單的信都不會寫，還要參考這種不學無術的人所寫的信的道理？

米蓮氣憤地把那幾封舊信推在一旁，就開始振筆疾書。她本來就寫得一筆秀麗的英文字，現在為了要表現自己的本事，為了要使打字員看得清楚，她還特地寫得整齊一點。當她一口氣把四封信都覆好以後，看看那漂亮整潔的字跡，連自己也不禁暗暗得意。看看錶，才不過十一點十分。這時的她，又有著在考場上的感覺。從國民小學開始，大大小小的考試，她經歷過何止百數十次？她是聰明而用功的，每次考試，她幾乎總是輕輕鬆鬆的第一個交卷。而現在的她，不也是輕而易舉地很快的就交出了她進入社會後的第一份試卷嗎？

她站起身來，把寫好的四封信送到張主任的桌子上。

張主任正忙著，抬頭瞥了她一眼，說「好的，我等一下再看」，就把她的信順手放在一旁。

「還有別的信要寫沒有？」她怯怯地問。

「暫時沒有了，你休息一下吧！」張主任一面在看一份厚厚的公文一面回答。她訕訕地回到座位上正想去拿報紙，前面的李大姊卻回過頭來對她說：「你的信寫完了？」

「嗯！」她點點頭。

「所以啊！」李大姊忽然長長的嘆了一口氣。「還是你們大學生有辦法，找到一份這樣輕鬆的工作。像我們這種書唸得少的人，就只好整天打算盤了。」

看起來比米蓮的媽媽還要老的李大姊回過身去滴滴答答地撥動著算盤子。米蓮忽的萌生了一份優越感：對啊！我比她年輕了不止一倍，又是剛剛進來的，職位就比她高，工作也比她輕鬆得多，足見一張大學文憑也不是完全沒有用的。一時間，米蓮但覺趾高氣揚，不可一世；剛才所感覺到自己外表與這裡不調和以及坐冷板凳的滋味，已忘得一乾二淨。

怪不得同學們都羨慕我這份工作。在她的同班同學中除了男生要去服役不算外，女生中只有少數忙著準備出國（學外文的到底不易申請獎學金），其餘大多數在分頭的找工作。有一個考取了空中小姐，有一個考取了電視臺的播音員，那是最令人欣羨的了。其他的，不是當打字員、女秘書就是教員，月薪都只有一兩千。米蓮很有自知之明，憑她這副矮個子、孩兒臉是沒有資格去當空中小姐或播音員的，這份月薪二千五百元的英文文書工作，不是已經相當理想了嗎？何況，她又是一考就中，得來毫不費力的？

「米小姐，張主任有請。」不知什麼時候，一個工友已站在她的辦公桌前。

「哦！」她慌張地應一聲，匆匆忙忙地走到張主任那裡。

「請坐。」張主任的臉和聲音都沒有半絲表情。

她楞楞地坐下。

「米小姐，你剛才寫的幾封信我已看過，你的英文程度很好，我知道。」張主任清了清喉嚨，又繼續說：「不過，我們這些只是最普通的商業信札，要使用淺易簡單的句子才合適，太文藝的太艱深的句子是會使人笑話的；而且，我們還要依著一定格式來寫，才不會給人以外行的感覺。」張主任的聲調變得溫柔一點。「米小姐剛來，對這些情形也許不了解。這幾封信，你拿回去，仔細研究一下，下午再寫吧！現在快下班了。」

接過張主任遞過來的信，米蓮的淚水已在眼眶裡打滾。她強忍著，踉踉的回到自己的座位上，低頭假裝看信，把快要滿溢出來的淚水逼回去。還好，這個時候大家都正忙著收拾，準備下班，沒有人有空注意這個新來的、面貌和打扮都像個中學生的「小女孩」。

剛才趾高氣揚、躊躇滿志的心情在一剎那間消失得無影無踪。米蓮把幾封信塞進空空洞洞的抽屜裡，看看錶，只差一分鐘就是十二點。趁著大家在忙亂的時候，她拿起小皮包，悄悄離開了辦公廳。

她的家住得很遠，本來中午不準備回去的；但是，她今天非回去不可，受了一個上午的「委屈」，得向媽媽傾訴，否則她就要大哭一場了。想到自己居然是這樣一個可憐的角色。她研究過福克納艱澀難懂的小說，研究過莎士比亞古典的劇本，她考翻譯總是得A，她的英詩成績在班上是數一數二的。然而人家只不過要她寫幾封簡單的商業信，她就大大出了一番洋相。真不知道到底是自己低能，是學校所教給她的學問太不實用，還是這個社會太缺少適合學文學的學生擔任的工作？

坐在回家的公共汽車上。車廂內悶熱得像個烤箱，她的一顆心卻像掉在冰窟中一般的冰冷。社會和學校為什麼會有著這麼大的差別？從今天上午這兩三小時的經驗而言，她簡直是踏進了一個陌生的國度。什麼時候她才不再是這個國度裡的異鄉人呢？一年？五年？十年？她不知道，她沒有辦法知道。

那對小夫妻

在植物園的樹蔭下，一個長髮少女向著我們走來。她大約有十八九歲，有著一張顏色非常健康的圓臉。在那對太濃的眉毛下，長長的睫毛覆蓋著一雙朦朧的眼睛，這使得她的容貌顯得很突出。她穿著一套樸素的衣裙，手中捧著一疊書，看來像是個學生的模樣。

仗著彼此同性的關係，我目不轉睛地注視了她好一會兒；忽然，閃電似的，一個意念掠過我的腦際。

「你看，這是不是方美白？」我用手肘輕輕碰碰身邊的宗良，悄聲地問。

「哪一個方美白？」他對那個已經掠身而過的少女略略瞥了一眼，漫不經心地問。

他的話還沒有說完，我就醒悟到自己的糊塗。方美白不是已經去世了二十年嗎？就算她還在人間，也不可能還是這副模樣。那個長髮的女孩，只是在外形上跟她相像，而又在茫茫人海中，偶然給我碰到而已。於是，我立刻改口說：「啊！我忘記了，她是我以前的同學，你不認識的。」

他沒有再說什麼。顯然的，那個長髮的女孩，還有我口中的「方美白」這個名字，並沒有引起他什麼聯想，他早已把這個人忘得乾乾淨淨了。只有我，自從誤認那長髮女孩就是方美白那一剎那開始，心情就一直激動不安，因為我無法忘懷二十年前我所看到過的一齣悲劇。

* *

勝利後第二年的春天，我和宗良新婚不久，一同到香港去闖天下。但是我們在香港人地生疏，宗良又是個半句廣東話都不會說的「外江佬」，因此，到處碰壁，遲遲找不到工作。還好，我們兩個人的一枝筆倒還揮得動，於是，兩個人不時的寫點什麼、翻譯點什麼的投稿到報館去，靠著些微的稿費維持著，總算能夠勉勉強強的過著日子，不至於挨餓。

那時，我們在灣仔一幢古舊的木樓上租了一個房間居住。那幢木樓一共只有一廳三房，包租婆一家人住在頭房和客廳，中間房和尾房租給房客住。因為尾房有一個窗門，比較光亮，所以，我們寧願忍受廚房的油煙，租了下來。這幢木樓一定已經有了相當年紀了，所有的板壁和柱子都已腐朽發霉，那道樓梯更是走起來就吱吱作響。包租婆有著大大小小五個孩子，一天到晚吵鬧不休。屋裡到處又髒又亂，簡直像是貧民窟一樣。不過，看在那便宜的租金份上，我們都忍受了。香港原是一塊寸金尺土的地方，我們連一份固定工作都沒有，哪敢苛求？

中間房住的原來是一個小商人，早出晚歸，我們很少跟他碰面。不久，那個小商人搬走，包租婆在樓下貼出了招租的紅紙，第二天，就有一對小夫妻搬進來。

在廚房燒飯的時候，包租婆告訴我，新房客是一對跟我們年齡相若的年輕夫婦；可是，當我們看到這一對夫妻時，卻大吃了一驚：他們簡直是小孩子嘛！比我們小得多了。那個女的，只有十七八歲的樣子，留著一頭長髮，有著一張蘋果般的娃娃臉。眼睛很大，可能是因為睫毛太長了，顯得老是想睡覺的樣子；同時，兩道眉毛也太濃了一點，這使得她的臉看來不夠秀氣。不過，大致說來，她還是很可愛的。

令我更驚訝的是，那個男的也是個孩子，他的年齡絕對不會超過二十歲。他跟她一樣長著一張娃娃臉，也是濃眉大眼的，相當英俊。這兩個青年男女看起來，就像一雙兄妹；說他們是夫妻，那真是難以令以相信。

當我好奇地故意經過他們的房門口想作進一步的觀察時，更令我驚訝的是，他們那間連白天也要開著電燈的房間裡空空如也的，除了一卷鋪蓋和兩個小小的箱子以外，就什麼也沒有。

好奇心驅使我要自動地去結識這對小夫妻，等到那位「小丈夫」出門去了，我就做了她的不速之客。

「我住在尾房，我姓李。你貴姓呀？」我站在她的房門口向她自我介紹。

「啊！我姓方。」那個小妻子正蹲在地板上在打開鋪蓋，看來他們是要睡在地板上的樣子。當她轉過頭來回答我的時候，臉上露出了羞澀不安的神色。

「方師奶，你們還沒有買床？」我搭訕著問。

「啊！請你不要這樣稱呼我，我自己姓方，你叫我方美白好了。」聽了我的話，小妻子慌忙的站了起來，她的一張蘋果臉更是紅透。

「那我叫你方小姐吧！你太年輕了，叫師奶實在不好聽。」我走進她的房間。「你們結婚多久了？你有十七歲吧？」

「我們結了婚還不到半個月，我十八歲了。」她低著頭，小聲的說。「李小姐，我沒有椅子給你坐，真對不起！」

「我不是小姐，我也結婚了，比你們早一點，我們已結婚了兩個多月。我自己姓張，隨便你叫我李師奶或張小姐都可以。」我說。

「你這樣年輕，我還是叫你張小姐吧！」她天真地望著我說，完全是一個孩子的樣子。

「我比你大，我已經二十一了。」

「那麼，我叫你張姊姊好不好？我們在這裡一個親戚朋友都沒有，我多麼希望有一個像你這樣的姊姊。」方美白蹲下去繼續把床鋪理好，又抬頭招呼我：「張姊姊，你坐下來吧！坐下來我們可以好好的談。」

我坐了下去，迷惘地注視著她的側影：兩扇長長的眼睫毛深深地遮著她的靈魂之窗，一頭長髮像匹小瀑布似的奔流在背後。「我們在這裡一個親戚朋友都沒有」，這對謎樣的小夫妻到底有著什麼離奇的身世啊？

「你們的父母不在香港嗎？」我問。

「他們都在廣州。」她幽幽地回答。

「你們到香港來讀書，還是做事？」

「我們想找工作。」她轉過臉來望著我。「張姊姊，你可以給我介紹嗎？我和江東常兩個人什麼都肯做。抄寫、店員、收款員都可以，甚至打雜、女工我都不嫌。」

望著那天真、熱切而無助的臉，我在心裡暗暗嘆了一口氣。我是多麼的希望能夠幫助他們啊！只可惜，同是天涯淪落人！

「方小妹，太抱歉了！我和我的先生也都在找工作哩！可惜就是找不到。」我苦笑著對她說。

「哦！」方美白驚訝地睜著兩隻朦朧的大眼睛。「那麼，我們真是同病相憐了。」

「可不是嗎？要不然，我們怎會住到這種破舊的木樓上來呢？」我悠悠地嘆了一口氣。

正說著，方美白的丈夫回來。那個有著一張娃娃臉的男孩子，手中捧著一個紙包跨進房間來，看見了我，便羞澀而遲疑地停在門口。

「東常，這位是張小姐，她住在尾房。」方美白把我介紹給她的丈夫。

江東常忸怩地對我點點頭，還是不敢走上前，也不敢開一句口。於是，我站起來說：「我要去燒晚飯了，有空請兩位到我房間裡來坐吧！」說著，我就回到自己的房間裡去。我一走出他們的房間，他們就把房門關起來。等到我走進了自己的房間，馬上聽見隔壁房間起了一陣噥噥唧唧的聲音，接著，又是一陣嬉笑聲；然後，一陣隆然巨響，樓板震動，板壁搖撼。我大吃一驚，以為發生了什麼事，但是，隔壁的嬉笑聲依然不絕，而且，還夾著尖叫聲和喘息聲。於是，我知道是怎麼一回事了，一定是這對不識愁滋味的小夫妻在打情罵俏和彼此呵癢。

那天晚上方美白沒有進廚房燒飯，以後的日子也從來沒有看見過她燒飯。倒是，兩夫妻間的打情罵俏無日無之。只要他們在家，房門就關得緊緊的，陣陣嬉笑聲就從裡面傳出來。

包租婆最看不過他們的作風了。她撇著嘴，不屑地對我說：「這兩夫妻太不懂事了，兩個人都沒有工作，那個女的還那麼懶惰，連飯也不燒，天天買點心回家吃，多不像話啊！」

「也許因為他們太年輕了！」我為他們辯護著。

「再年輕也不能這樣啊！已經結了婚，就得像個大人。我還不是十七歲就出嫁的？」包租婆還是一副不以為然的樣子。

自從那次在她房間裡談過話以後，我並沒有機會跟方美白再接觸。因為她不是跟她的丈夫雙雙外出，就是兩個人關在房間裡。她既不進廚房燒飯，也不到房間外面跟我或包租婆聊天，我又哪裡有機會和她接近？偶然，在過道上遇見，也只不過點頭招呼一下而已。

有一次，我獨自在房間裡翻譯一篇小說。有人從我的房門口探頭進來，並且敲了板壁一下說：「張姊姊，我可以進來嗎？」

我驚訝地轉過頭來，伸進我房門裡來的是一張年輕的臉，一頭烏黑的長髮垂落在兩肩上。

「啊！方小妹，請進來！」我歡喜地放下了手中的筆。

兩隻朦朧的大眼睛一眨一眨的，方美白帶著羞澀而又驚喜的表情瀏覽著我的房間。

「張姊姊的房間佈置得好雅啊！」方美白望著我的床說。

天曉得！這個狹窄破舊的小房間居然獲得了「雅」的美名。我的房間只有一床一桌兩椅，所謂「雅」者，她大概指的是床上那套我自己繡的乳白色枕套和床單，還有牆上幾幅風景畫而已。

「房間這樣簡陋，怎說得上雅呢？」我微笑著請她坐下。

「張姊姊，你在寫什麼？」方美白才坐下來，馬上又站起來審視著我桌子上的一本英文雜誌和稿紙。

「我在翻譯，想騙點稿費。」我說。

「啊！張姊姊，你會翻譯文章？還會投稿？你真是了不起！」她大驚小怪地叫著。

「哪裡的話啊？還不是為了混飯吃？」我說。

「能夠混到飯吃就不錯了！可憐我們，到現在還找不到工作。剛才東常出去應徵一份辦事員的差事，不知道能不能成功？」方美白嘆了一口氣，眼睛呆呆地望著房門外面，彷彿她的東常馬上就會在那裡出現似的。

「真的，香港這個地方，寸金尺土，人浮於事，謀生是很不容易的。你們兩位年紀輕輕的，為什麼不在家鄉讀書，而跑到這塊陌生的地方來呢？」此刻，我真心的在關懷他們的生活，而沒有刺探他們隱私的意思。

「告訴你吧！張姊姊。」方美白忽然壓低了聲音，滿臉神秘的說：「我和江東常是私奔出來的。」

「私奔？」我驚訝得張大了嘴巴。「那麼，你們雙方的父母都不知道你們在這裡？也不知道你們已經結婚？」

「不知道，我們偷偷跑出來的嘛！」她帶著得意的表情說。

「啊！為什麼呢？這樣太危險了！」我搖搖頭，表示不同意。

「沒有辦法嘛！因為我媽要強迫我嫁給我的表哥，我的表哥只有小學畢業，是個金店的小開，雖然有錢，可是，人胖得像豬一樣，又俗不可耐，我才不要嫁給他啊！」方美白任性地噘著嘴說。

「唉！真是的，你不會跟你媽好好地商量嗎？為什麼要這樣冒險？」我還是不以為然。

「張姊姊，你不知道，我媽頑固得很哪！為了反對這件婚事，我曾經絕食和自殺過，都不能取得她的諒解。你說我怎麼辦？」方美白雙手一攤。

「你和江先生是同學？」我問。

「嗯！」地點點頭。「他比我高一年。」

「你們相愛很久了？」

「很久了！我們已來往了半年。」她又點點頭。

「啊！」我應了一聲，說不出話來了。多幼稚多無知的一個孩子啊！是誰使得她這麼早就談戀愛的？

看見我不說話，方美白便站起身來瀏覽著我書架上的書籍。「張姊姊好多小說啊！借兩本給我看好嗎？」

「好的，你隨便挑吧！」她挑了「飄」和「蝴蝶夢」，那正是當年最暢銷的翻譯小說。可能她也是「慕名」而選出來的。

「張姊姊，謝謝你。我不打擾你寫東西了，有空請到我房間來坐吧！」她捧著兩本書走出去。

「方小妹，」我叫住了她，「我想問你一件事。你每天都不燒飯，你們吃的是什麼東西呢？」

「我們吃麵包呀！那些四毫子一個的配給枕頭包，剛出爐的時候，熱烘烘的，不是很好吃嗎？」方美白若無其事說著，一點也沒有尷尬的表情。

「每餐都吃麵包，不會感到厭膩？」我又問。

「不是每餐都吃，我們有時也到那些大牌檔上吃一碗粥或者什麼的。每次只花幾毫子，不會比自己燒飯貴嘛！」方美白還是有點得意的樣子。兩扇濃密的睫毛在不停的扇動著。

「唉！方小妹，你們這樣下去也不是辦法呀！」我長長地嘆了一口氣。對這樣一個不懂事的女孩子，我又有什麼辦法。

「要是江東常今天能考取那份工作就好了。」她回頭向我嫣然一笑。那笑容很美，可是我的心情卻很酸楚。

江東常並沒有考取那份辦事員的工作。從此以後，他不再整天逗留在房間裡了。隨著這對小夫妻嬉笑聲的消滅，方白開始不時出現在我房間裡；同時，我注意到她日漸變得憔悴和消瘦。她蘋果般的圓臉變尖變黃，眼睛現出了黑圈，失去了原來的青春活力。

我聽見她在早晨的時候嘔吐。那時，我雖然還沒有做母親的經驗，不過，憑著女人的直覺與本能，我猜得出那是怎麼一回事。果然，方美白自己告訴我了。她是哭著說出來的：「張姊姊，你說我怎麼辦？我有啦！」她用含淚的雙眸望著我，首次向人吐露將做母親的喜訊，臉上有的卻只是憂傷而不是羞澀與驚喜。

「不要害怕！方小妹，這是每個女人必經的階段，只是，你的年紀還太輕就是。」因為她哭，所以我這樣安慰著她。

「張姊姊，你不知道。我們不能有小孩，東常到現在還沒有找到工作，我們馬上就要餓肚子了，怎能再養小孩呢？」她抽抽咽咽地說。

「是的，你們目前很苦。但是，你要忍耐下去，也許你們江先生明天就找到工作哩！」我心中也暗暗替她著急，可是，表面上卻不能不這樣不著邊際的說。

「啊！不，張姊姊，我不能忍受下去了，我要打掉它。你陪我去找醫生好不好？」方美白還在哭。

「方小妹，你千萬不能這樣做。那太危險了，而且也是犯法的。」我搖著頭阻止她。

「我不管，我就是要打掉它！你不陪我去，我叫東常陪我，他還不知道這件事哩！」方美白頑強地說完了這幾句，就掉頭走了出去。

我追過去想再加以勸解，她卻把房間的門砰的關上，鎖了起來。

那個晚上，當我坐在房間裡填格子時，隔壁的中間房忽地傳出來爭吵的聲音，還夾雜著嚶嚶的啜泣。

「不要！不要！我寧願餓死在這裡，也不要回去！」那又哭又叫的，正是方美白的聲音。

「美白，你講理不講理的？你想害死我們兩個嗎？不，你想害死我們三個！」江東常聲音低沉而焦急的吼著，顯然，他不願意被別人聽見。

「我不管嘛！我不管嘛！我不要回家，你帶我去找醫生！」方美白絕望地哀哭著，聲音是歇斯底里的。

「你簡直是蠻不講理嘛！我今天在外面奔走了一整天，還沒有吃飯，又餓又累的，你就完全不顧別人，只顧自己。你如果不聽我的話，我去跳海算了，省得活著這樣痛苦！」

「啊！東常，你不要走，我跟你一起去跳海！」

爭吵聲到這裡結束，接著，傳出來的是一陣低低的啜泣聲。我想像出這小夫妻兩人此刻一定是在抱頭大哭，不禁為之酸鼻。

幾天以後，有一對中年夫婦來找方美白。這對中年夫婦和小夫妻倆關在房間內吱吱喳喳地談了半天，等到他們開門出來，簡單的行李已收拾好。江東常在給包租婆算房租，方美白卻走過來向我辭行。她告訴我，是江東常寫信回去給她爸爸媽媽的。現在，他們已原諒她，要接她回去，不強迫她嫁給表哥了。

「張姊姊，你一定要寫信給我啊！」方美白流著淚握著我的手，同時，也把她在廣州的地址交給我。

我和她通了八個月的信；但是，到了第九個月，我收到的信卻是江東常的筆跡。起初，我以為是方美白產後不便執筆；想不到，在江東常那封簡單的來信中，竟告訴我方美白難產死了，嬰兒倒是活了。

這晴天霹靂，曾經使我難過了許久。我用我和宗良兩人的名義立刻去信弔慰；不過，以後就沒有再接到過江東常的信，從此我們也就失去了聯絡。

悠悠二十年過去了，方美白墓木已拱，當年那個嬰兒，怕不已跟今天我碰到的少女一樣大？啊！那少女會是方美白的女兒嗎？那也不是不可能的事啊！

母親・兒子・情人

我簡直不能相信自己的耳朵，桂生昨天晚上對我說：「媽，我要結婚了。」這可能嗎？他本來連女朋友都還沒有的，怎麼一下子談到結婚呢？

我不知道自己當時的心情是高興，是悲哀，還是憤怒，桂生已經三十歲，我希望抱孫已希望了好幾年，他要結婚，當然是一件大喜事。只是，我也體會到，兒子一結婚，一定會忘記了娘；桂生結婚，就等於把多年來我們相依為命的日子結束，這是我不能忍受的。還有，他事先怎麼完全不跟我商量？怎麼完全沒有提到過？他眼中還有我這個母親嗎？真是——真是——

「你要結婚了？跟誰？」我竭力壓制著自己激動的情緒，說話的聲音也很僵硬。

「我——我的一個女同事。」桂生滿臉脹得通紅，避開了我的眼光。

哈！這麼大的一個人了，在媽的跟前還害臊哪，我緊緊的瞅著他。桂生是漂亮的、可愛的，就像他死去的父親一樣。就是脾氣古怪一點，對女孩子似乎沒有興趣，在大學裡一個女朋友都交不到；出來做事這麼多年，也找不到一個看順眼的。我常常要打趣他：「桂生啊！還不娶媳婦，是不是要當和尚？」這時，他就會走過來在我的額角親一下說：「因為媽太好了，我捨不得離開媽，所以寧願當和尚。」明知他這句話是為了討我歡心的，我可是真的樂得要死。桂生是我在這個世界上唯一的親人，是我的命根子啊！可是，如今他卻忽然的說要結婚，這個女人到底是怎麼樣的一個人，對他有這麼大的吸引力？

「她是誰？怎麼以前沒聽你說過？」我的聲調在冷酷中帶著憤怒。

「她是黃沅秋，新來的，所以媽不認得。」桂生低著頭，兩手擱在雙膝中間不安地互相扭捏著。

「但是，你已準備跟她結婚了？」我把聲調提高了一點，在憤怒中又摻入了一絲被欺騙的悲哀。

「是這樣的，媽。」他忽然抬起頭來，用他那雙明亮烏黑的眼睛炯炯地望著我。「我因為怕您反對，所以事先不敢告訴您。」

「怕我反對？事先不敢告訴我？」我氣得渾身發抖，霍的站了起來。「你的意思是說，她是個我不喜歡的女人，而你已經準備好跟她結婚？」

「媽，您別緊張嘛！坐下來，讓我慢慢地把一切都告訴您。」桂生笑了笑，又把我按下來。

我瞪著他，我憤怒地瞪著他，我不想再說話了。真想不到，一個一向千依百順的，一個我獨力辛辛苦苦地撫養了二十多年的兒子，竟然事先不徵求我的同意，就要和一個不三不四、見不得人的女人結婚。老天啊！你有眼睛沒有？我把兒子養大，如今得到了什麼？我從二十幾歲起就守寡撫孤，我這麼多年來的辛苦到底是為了什麼？不，我絕不要流淚！起碼不要在桂生面前流淚，我不要讓他知道我在害怕。

「媽，您喝口熱茶，聽我慢慢的講。」桂生倒了一杯茶給我，挨在我身邊坐下。好吧，看你這個小子說些什麼甜言蜜語來哄騙你可憐的老母親。

「媽，最重要的一點，黃沅秋是個好女人，是您的兒子所看見的最理想的女人；假使您真的愛您的兒子，信任您的兒子，您就會喜歡她的。」他拿起我的一隻手撫摩著。這小子，三十歲的人了，還要撒嬌，告訴你，今天我可不吃這一套。

「有沒有她的照片？」我冷冷地問。把手抽了出來。

「有是有，不過，在我還沒有把一切都告訴媽以前，我是不會拿出來的，因為我們不能以貌取人。」

「哼！少教訓你的母親。那麼，你先說，她是什麼地方人？幾歲了？在你們公司裡當什麼職位？」

「這也不是重要的因素。最重要的是，我們相愛，我們興趣相投。」

「少廢話！你為什麼不回答我？」我大聲地說。

「她是江蘇人，跟我同在文書股工作，今年三十四歲。」

「什麼？三十四歲？那豈不是比你大了四歲？你是要娶老婆還是要娶個姊姊？你一直不敢告訴我，是不是就為了這一點？天啊！你怎會看上個老太婆的？」我就瞪大著眼睛又驚又怒地望著桂生，幾乎懷疑他是在跟我開玩笑。我原來指望，媳婦是個二十出頭的活活潑潑的小姑娘，那樣跟桂生才配嘛。我自己才不過四十七，怎能夠讓一個三十多歲的女人叫我婆婆呢？何況，三十幾歲才生頭胎是危險的，我們唐家怎能為了她而斷絕香火呢？桂生簡直是昏了頭了。

「不！我絕對不答應這件婚事！」我轉過身去，指著桂生的鼻子，狠狠地大叫著。

「媽，年齡只是一個人生理上的一種紀錄，對他的外表和內心是沒有關係的。沅秋長得很年輕，看起來絕對不會比我大，而且她的心理也是跟二十幾歲的人一樣。」儘管我一直大叫大嚷，桂生卻依然沉著地微笑著，這使我不能不暗暗佩服他的涵養工夫。

「那麼，她為什麼這麼大了還不結婚？」

「她結過的，只是，現在離婚了。」說完了這句話，桂生就站起身來，走到窗口那裡站著。

我也跟著站起身來，像瘋了一樣的追過去指著他：「桂生，我警告你，假使你要跟這個離過婚的老女人結婚，我就不認你做兒子。要老婆還是要娘，隨便你選擇！」

桂生一直是個好孩子，從小到現在，我都不曾大聲說過他一句。真想不到，今天他卻這樣的傷了我的心，讓我生這樣大的氣。一切都是為了那個老女人，那個不要臉的女人，要不然，桂生怎會變成這樣呢？忽然間，我把對桂生的一腔怒氣全部轉移到那個姓黃的老女人的身上。

此刻，他正愣愣地望著我，顯然地，他是被我失常的舉動嚇呆了。我伸手按住他的肩，柔聲地說：「桂生，原諒媽，媽只是為你好，一時情急，所以才會說出那些話。你告訴媽，你會聽媽的話，另外找個好女孩，不跟那個女人結婚，好嗎？」

「不，媽，對不起！我懂得怎樣選擇的，這一次，我不能聽您的話。」桂生輕輕拂開我按在他肩上的手，一個字一個字的清晰有力地回答我。

整個世界都在我眼前崩潰了，天在動，地在搖。我踉踉蹌蹌地奔進自己的房間裡，倒在床上，忍不住失聲痛哭。我低低地呼喚著偉民的名字，你給我留下了這個不孝的兒子，你叫我怎麼辦啊？你叫我怎麼辦啊？

* *

我真是不了解一個做母親的人的心理，媽是個受過中等教育的人，一向都很明白事理的，為什麼當我一提到沅秋的事時，她就瘋狂地咆哮起來，蠻不講理，而且不讓我解釋。女的比男的大四歲有什麼關係？離過婚又有什麼關係？憑什麼媽一口就咬定她是個壞女人？媽不但堅決不肯見她的人，也不肯看看她的照片。媽，您到底是為了什麼？到底是為了什麼？當然，我是十分敬愛媽媽的，她是個好母親。爸爸是個軍人，在抗日末期就陣亡了，媽媽當時只不過二十一、二歲，卻含辛茹苦，守節撫孤，把我養大成人，給我接受完善的教育，憑良心說，媽媽真是足可以當選模範母親而無愧。只是，她對我的婚姻的看法為什麼這樣頑固呢？打從我大學畢業起，她不是就急於要我成家麼？我自己不主動去找女孩子，她就一天到晚叫那些阿姨、姑姑們給我介紹；但是，我又怎會看上那些庸脂俗粉啊？媽，您不是我，不是一個具有詩人氣質的青年男人，您不會懂得我的心理的，正如我無法了解您的心理一樣。

啊！媽，叫我怎樣告訴您，沅秋是如何的使我傾心呢？當然，我是個正常的青年，自從進入大學以後，也有幾個女孩子使我動心過，但是，我也都能挑出她們的瑕疵，她們還夠不上做我的終身伴侶的條件。同班的小櫻是很可愛的，可愛得像個洋娃娃，可是，她為什麼那麼愛出鋒頭呢？她上大學彷彿只是為了交際而不是為了唸書。對不起！這種女孩子我不要。大三時班上來了一個插班的女生，功課好，人也長得漂亮，可借卻是太愛打扮，一天換一套新衣，像時裝表演似的，態度又那麼驕傲，自以為神聖不可侵犯。天下又不是只剩下她一個女人，我何苦去向她搖尾乞憐？國文系一個不知道名字的女孩子人長得瘦瘦小小，有一張玉女型的臉，氣質不錯，看來楚楚可憐的。可惜的是，她的聲音沙啞粗嘎，聽她講話就令人倒盡胃口。於是，我對一般人所稱讚的「美女」，開始存疑。

出來做事以後所遇見的女孩子就更甭提了。一個個都是只懂得享受和打扮，談話三句不離電影、夜總會的節目、歌星的動態、服裝和化妝品，有一些居然懂得麻將經。在學校所學的東西此刻對她們已經完全沒用，寫起字來別字連篇，讀音也常常弄錯，甚至滿口鄉音。媽，試想：這種女孩子我怎會看得上眼？我需要的是一個跟我一樣喜愛文學音樂和美術，大方樸素，不流凡俗、不慕虛榮，能夠跟我過苦日子的妻子。我想：假如我沒有遇到這樣一個人，那就算了，寧可做一個獻身學術的老單身漢，也不願意和一個庸俗的女人共同生活一輩子。

然而沅秋卻適時地走進我的世界裡，我永遠不能忘記第一次看到她時所得到的印象。我們的股長把她帶進辦公室來介紹給大家。那天她穿著一件淺灰色的旗袍，梳著簡單的髮型，臉上帶著禮貌的微笑，伸手和每一個同事相握。她的臉上，除了淡淡的一抹口紅，似乎並沒有使用什麼化妝品。她長得也不怎麼美麗。但是，不知怎的，她那大方親切的態度和高雅清新的氣質卻給予我以極大的好感。不只我這樣想，同股的男女同事也都在背後稱讚她：「這位新來的黃小姐很不錯嘛！」

假使黃沅秋只是具有清新的氣質，那還是不會使我這樣傾倒的。媽，您要知道，上帝大概是特地為我而創造這個女人的，因為我後來發現她無論在個性和興趣方面和我都完全一樣，我看她順眼，她也看我順眼，總之，我們簡直是天造地設的一對。她很沉默寡言，這也是我所欣賞的一點，別的女同事一天到晚在辦公廳裡咭咭呱呱的，盡是談一些言不及義的話，就像一群聒噪的烏鴉。只有她，總是默默地在埋頭工作，沒有工作的時候也是看看報紙，從來不參加饒舌。

我心裡想：這位女士很特別，真是與眾不同，不知道她是太太還是小姐，假使是小姐的話……。

後來我聽人家說她是離過婚的，她那個丈夫是個浪子。後來有一次，我聽見同事們在談論紐約藝術院芭蕾舞團在這裡演出的事。有人問她：「黃小姐，你去看了沒有？」「沒有。好可惜啊！我第一天去買票就買不到。」「黃小姐喜歡看芭蕾舞？」我乘機搭訕。「嗯，不過只限於古典的。」她對我微笑。「那麼，一定也喜歡古典音樂了？」「嗯，很喜歡。」她又低下頭去草擬她的公文了。

沒有多久之後，有一個德國鋼琴家來臺北開演奏會，我去買了兩張最好的票子。音樂會的前一天我送一張給她，她堅持不肯讓我請。我急了起來，說：「大家同事，何必這樣拘謹嘛？你覺得不好意思，回請我一次好了。」她果然接受了，但是過了幾天就請我上館子。

一起聽了一次音樂會，一起吃了一頓飯，這使得我和她的關係由同事而變為知友。我們發現彼此都有著共同興趣，也很談得來。她是中文系畢業的，但是對西洋文學，涉獵也極廣。我們談起話來，簡直是相見恨晚，我承認我從小到現在，還沒有發現過一個人在興趣和性格方面跟我這麼像的。譬如說，我們在文學方面都傾向於浪漫主義；在音樂方面最喜歡浪漫派的作品；在美術方面卻是喜歡印象派。我們都不善應酬，不喜歡交際，討厭那些聲色場合；我們不事浮華，不慕名利，喜歡大自然，主張返璞歸真。我們在一起的時候，會忘記了對方是異性，我們只知道一點：「我找到了世界上最知己的人了。」於是，就會情不自禁地盡量吐露衷曲。

當然，忘記了對方是異性這種情形，只是初期的現象。漸漸的，我開始感覺到她是這個世界上除了媽以外最令我關心的人，只因為有她的存在，那間本來使我們十分厭惡的辦公廳（以一個學文學的人，怎甘心永遠埋頭案牘呢？）也變得令我留戀起來了。於是，我開始向她表示愛意，起初她不敢接受，她說她配不上我；但是，結果我的真情終於打動了她。媽，我和她都是成年人，我們懂得如何抉擇。我們的婚事已成定局，我徵求您的意見，只是為了尊重您，無論您如何反對也是沒有用的。媽，請您放棄您的成見，慢慢的考慮，把我們這個快樂小家庭仍然的維持下去，不要讓猜疑和偏見的陰影遮住了我們的幸福。

＊　＊

啊！天呀！桂生居然向我求婚，該不是我的耳朵出了毛病吧！昨天晚上，我們一同去看了一部風格很高的法國文藝片，片中那對男女的真愛把我感動得悄悄流下了淚水。桂生坐在我旁邊，一直把我的手緊緊的握著，似乎也是很激動的樣子。

離開了戲院，我們並肩默默的走著，大家都不願意開口，因為不願意破壞了心中那股淒美的情緒。走了很久很久，快到我所住的巷子時，桂生突然伸手環住了我的腰，把嘴巴湊在我的額上，柔聲的說：「沅秋，讓我們結婚好不好？你願意嫁給我嗎？」

啊！要來的一刻終於來了。這些日子，從桂生的眼中，我已看出了他對我的情意。桂生是個志行高潔的人，跟時下一般囂張浮躁的青年有著迥然不同的氣質，我跟他同事不久，就對他發生了好感。我很矛盾，我私下暗暗的喜歡著他，但是又自慚不配。我是個離過婚的女人，且比他大了四歲。女人總是吃虧一點的，即使跟同年齡的男人相比，也會顯得蒼老，更何況跟一個比自己小的人？桂生第一次約我去聽音樂，我真是又驚又喜。驚的是自己配他不上，喜的是他居然約會我了，起初我不敢答應，怕的是將來愈陷愈深，不能自拔。後來他說了一句：「何必這麼拘謹呢？」竟打動了我的心。對呀！何必這麼拘謹呢？人生苦短，為什麼老是約束著自己的行為，違背著自己的心志？我又不是跟他談戀愛，兩個人去聽聽音樂有什麼關係？以後，我為了答謝他，又請他去吃了一頓館子。誰知道，這兩次的約會，竟使我們由同事而變成知友，更變成了情侶。我說過我不準備跟他談戀愛的，這一下子是自己打自己的嘴巴了。

和桂生在一起，那真是我一生中最快樂的時刻。我喜歡看著他那雙黑眼睛裡面深思的表情。他平日很沉默，可是在我的面前，他那兩片薄薄的嘴唇所吐出來的語言真是比詩句還要優美。他常常會把他的抱負告訴我，他說，他希望能夠把我們中國古今有價值的文學作品譯成英文，介紹給世人認識，他問我願意不願意幫助他完成這份艱巨的工作。啊！我能嗎？我有能力嗎？但願我能夠。

和他在一起，我們談的多數是學問方面的事，使我覺得像是回到了學生時代而忘記了自己已是個接近中年的人。想起以前那個傢伙，每天下了班不是去賭博就是去喝酒，三更半夜回到家裡就立刻睡得像個死人一樣，一個月裡頭，我們難得碰上幾次面，說上兩句話。我不明白我們怎會共同生活了八年的？兩個恍若路人的男女過著同床異夢的日子，寧非是世上最痛苦最無奈的事？我慶幸沒跟他生下一男半女，沒有被孩子拖累，更慶幸我能及早離開了他。

離開了那個浪子，轉眼又兩年多了，對我有意的男人不是沒有，只是我對他們卻不感到興趣。我想：一個人生活多麼逍遙自在，何苦為自己再套上一個枷？何況，前次所受教訓難道還不夠嗎？為什麼還要為自己找罪受？但是，一遇到桂生，我的決心就動搖了。這個可愛的青年，真是使人難以抗拒呀！

現在，他溫熱的嘴唇在我的鬢角輕輕的磨擦著，又問：「嗯！答應我好嗎？說話呀！」

假使我是個二十歲的小姑娘，我一定會毫不猶豫地答應他。然而，不幸的是，我已是個歷盡滄桑的遲暮的女人；就算他現在不嫌我，我能保證十年八年之後他仍然愛我嗎？天啊！你為何要這樣作弄我，好不容易遇到一個值得我去愛的男人，卻又是年齡比我小的。我遲疑著說不出話來，一時間控制不住，淚水竟已奪眶而出。

「沅秋，你怎會哭了？」他把我擁抱得更緊，慌張地問。

「我——我配不上你。」我哽咽著說。我必須向他解釋，否則他會誤會我的。

「我不許你這樣說。」巷子裡闃靜無人，路燈昏暗，他把他的嘴唇封住了我的。

等他放開了我時，我要說話他又用手指按著我的雙唇，用溫柔卻是專制的語調對我說：「不許再說那樣的話，我知道你會答應我的。我的沅秋，是不是？」

「我不知道。桂生，我怕你將來會後悔。還有我怕你母親會反對。」我把頭埋在他的胸前，拿開他的手指，嗚咽著斷斷續續的說。

「你再說這樣的話我可要生氣了。你知道的，我不是那種淺薄的人，我母親更是非常講理的，我不許你再說這種話，連想都不要想。現在你回家好好的睡一覺；明天，我們再商量日子和其他的細節。」

桂生把我送到門口，然後高高興興地離去。他真是個可愛的情人，有時溫順得像隻綿羊，有時卻專橫得像個暴君，而我，卻心甘情願地做這個暴君的奴隸。啊！我會答應他的（他也知道了）。我已厭倦了這兩年以來舉目無親、獨立掙扎的生涯，只要他的母親不反對（我實在擔心得很啊），只要沒有外來的阻力，不久將來，我就可以和我所愛的男人共築愛巢，過著溫馨幸福的歲月，巢外的風風雨雨，也有人和我共同抵禦了。天啊！求你保佑我們，使我們的願望能夠達到。

＊　＊

自從她兒子說出了要和那個「老女人」結婚的決心以後，唐太太氣得三天三夜不跟兒子說話，而在這三天三夜之內，唐桂生也沒有再提這件事。唐太太在心中暗暗納悶：怪了，難道他屈服了嗎？她有點沉不住氣，很想開口問一問，又怕有損做母親的尊嚴。她想：再等兩天再說吧，也許他會自己說出來哩。

第四天，唐太太的大表妹梁太太來找她，一進屋就開門見山的說要為桂生介紹女朋友。

「真的嗎？大表妹，那真是太好不過了，桂生快要把我氣死啦！」像是看到援兵一樣，唐太太喜出望外的捉住了表妹的手，就一五一十地把桂生的事全告訴了她。大表妹是唐太太在臺唯一的親人，除了她，唐太太還有誰可以訴苦？可以信賴？

聽完了唐太太的話，梁太太安慰她說：「表姊，你不要煩心。我介紹的這位小姐，擔保桂生一看見了就會把那個老女人忘掉。不過，我還是得先得到你這個做婆婆的人同意才行。明天，我就約小姐到我家裡吃飯，你先來看看，你滿意了才介紹給桂生。你說好不好？」

「那位小姐多大歲數？是什麼人？」

「你先別問嘛！反正不會比桂生大就是。你先看中意了再說。」

「好吧！我明天一定來。」唐太太開心地說。她對大表妹的及時「搭救」，真有說不盡的感激零涕。桂生，我不怕你，我還握有最後一張王牌哩。

在大表妹的客廳裡，坐著一位樸素大方的年輕女性。在男人的眼中看來，也許她缺乏性感，不夠吸引力；但在同性的眼中看來，她嬌而不妖，端莊沉默，給予人良好的印象。

「這位是黃小姐，這是我的表姊唐太太。」梁太太為她們介紹著。

也是姓黃的？唐太太立刻敏感地想到那個「老女人」，但是她馬上又把這個想法拂去。姓黃的人多得是，「老女人」已經三十四歲，而這位小姐只不過二十六七歲的光景。何況，大表妹怎會把「老女人」介紹給我呢？

「黃小姐在哪裡做事？」一坐下來，唐太太就迫不及待地向黃小姐發問，一面還向她上下渾身打量。黃小姐說了三個英文字母，唐太太好像從來沒有聽過這個名字，可是又不便多問，怕人家笑她土包子。她想：大概是洋機關吧？這位小姐打扮得挺上等的，就像個洋機關裡的女職員。

「黃小姐家裡還有些什麼人？」唐太太又開始調查戶口。

「現在只有我一個人。」

真不錯！聲音這樣嬌脆！這個女孩子，雖然不算十分漂亮，但是皮膚這樣細白，牙齒這樣整潔，五官端端正正的，身材也很適中，已經可以配得上桂生。最重要的，我喜歡她的端莊沉靜，將來一定會做個好妻子。

「黃小姐府上是那裡？今年多大了？」

「我是浙江人。」黃小姐說到這裡，突然雙頰泛紅，焦急地望著梁太太。

「表姊，你怎麼搞的嘛？一見面就一連串的盤問，弄得小姐都難為情了。來，我要炒菜了，你幫我一下好嗎？」梁太太一面埋怨著，一面把唐太太拉進了廚房。

「大表妹，我很喜歡這位小姐。你是怎麼認識她的？為什麼不早點介紹給桂生？」一進廚房，唐太太就急急忙忙地這樣說。

「你急什麼？我也是剛認識她不久嘛。」梁太太把炒菜鍋架上了瓦斯爐笑了笑說。

「她太好了，正合我的理想，假使桂生現在也在這裡多好！這幾天他跟那個老女人不知弄得怎麼樣？我希望他早一天認識黃小姐，也好早一天擺脫那老女人。」唐太太站在大表妹身邊，滔滔不絕地說。

「你真的一見鍾情，願意黃小姐做你的兒媳婦？」梁太太用眼角瞟著她的表姊，嘴角帶著一絲嘲弄的微笑。

「我還挑剔什麼呢？桂生已經三十歲了，再說他也不是十全十美的人。何況這位小姐比起那個老女人何止強了千百倍？」

「你決定了？」梁太太把一條魚放進鍋裡去煎。

「我決定了有什麼用？最重要的還是桂生本人呀！」唐太太忽然感到莫名的沮喪。

「這樣好不好？我索性助人助到底。現在桂生大概還沒有下班，我去打電話找他來，你替我燒菜。」梁太太看了看手錶說。

「大表妹，你太好了！將來事成，我們一定會好好謝媒的。」唐太太高興得簡直跳了起來。

梁太太出去了十幾分鐘還沒有回來，唐太太明明記得，在她們樓下不遠的地方就有一座電話亭的。要做的菜都做好了，她解下圍裙，到客廳去看，卻赫然見梁太太和桂生正在那裡談得起勁，黃小姐坐在桂生旁邊羞紅著臉，微低著頭，一副我見猶憐的模樣。

看見了母親，桂生站起身來，親熱的叫了一聲「媽」。這一聲，直樂得唐太太眉開眼笑，三四天來的芥蒂一霎時全都消失了。

「咦？你怎麼來得這麼快？」樂歸樂，唐太太還是滿腹孤疑。

「他坐計程車趕來的嘛，才到。我忙著給他們介紹，還來不及進廚房哩。」桂生還沒有開口，梁太太卻在一旁搶著說了。

瞅了瞅並排在長沙發上的兩個人一眼。桂生正在含情脈脈地側頭望著淡雅如出水白蓮的黃小姐，而黃小姐依然是粉頸低垂，不勝嬌羞。唐太太覺得必須解開這個謎底。她對她的表妹說：「大表妹，我已經把菜都做好了，你進來看看。」

「表姊，真對不起，我們只顧講話，卻要你一個人在廚房裡忙。回頭我讓你罰酒吧！多少杯我都絕不推辭。」梁太太連忙走了過來。

兩人走進廚房，唐太太壓低聲音問：「你是不是本來已經介紹他們認識了？我瞧他們那副親熱勁，不像第一次見面哩。」

「你覺得他們親熱？可不是嗎？簡直是郎才女貌呀！」梁太太不回答，卻縱聲的笑了起來。

「大表妹，你怎麼搞的嘛？」

「替你高興呀！找到這樣好的兒媳婦！」

「兒媳婦？你未免言之過早吧，曉得她看中桂生不？桂生又肯不肯放棄那個老女人？」

「你現在可明白這個道理了？本來嘛，娶媳婦就是兒子的事，我們當老太太的管不著。你說是不是？」梁太太白了她表姊一眼。

「唉！大表妹，你沒有兒子，是不會了解我的。我不是要管他，而是怕失去他呀！」唐太太嘆了一口氣。

「好啦，好啦！咱們回頭再聊，先吃飯吧，等等菜都涼了。」梁太太遞了一盤菜給唐太太。兩個人正要捧菜出去時，黃小姐卻是含笑的走進廚房。「表姨，唐伯母，我來幫忙好嗎？」

「喲——不用了，你去陪桂生吧！沒有什麼好幫忙的。」梁太太樂得笑彎了腰。好懂事好乖巧的女孩！唐太太看在眼裡也樂在心頭。她想：現在的年輕小姐，都是只懂得享樂，沒有人願意做家務。這位黃小姐，將來一定是個賢妻良母無疑。

飯桌上的氣氛很愉快，大家都談笑風生的，桂生和黃小姐也談得很投契，彷彿一見如故。唐太太仔細觀察黃小姐的言談舉止，居然挑不出半點瑕疵，而且愈看愈覺可愛。於是，她決心回家後就向桂生攤牌，迫他放棄原來的老女人，而向這位小姐求婚。男人都是見異思遷的，看，桂生對這位美麗的少女多親熱，我才不怕他不就範啊！唐太太愈想愈得意。她雖然只喝了幾口酒，但是已覺得陶陶然。

「桂生啊，你不如趁現在向你母親招認了吧？」忽然間，梁太太笑眯眯地這樣說。

「表姨，您——」桂生立刻滿面通紅，低下了頭。而坐在他旁邊的黃小姐也是嬌羞滿面。

「大表妹，這是怎麼一回事？」唐太太懷疑地問。

「不如索性告訴你吧，表姊。你喜歡黃小姐，這回不用擔心桂生的問題了，他們原來就是好朋友呀！桂生，你們兩個還不趕快向你媽陪罪？」梁太太還是笑吟吟的，還向桂生眨了眨眼。

在唐太太的錯愕中，桂生和小姐雙雙站起來，向她舉杯。桂生脹紅著臉，囁嚅的說：「媽，請您原諒我們，她就是黃沅秋。因為媽拒絕見她，而且連照片也不肯看，所以我求教於表姨。這件事完全是表姨代為設計的。」

「唐伯母，我也要請您原諒。」黃沅秋低著頭，小聲的說。

自從第一眼看桂生和黃沅秋並排坐在長沙發上開始，唐太太就有了一點預感，這個美好的女子是不是就是我心目中所謂「老女人」呢？只是，她很矛盾，她希望這是事實，也怕這是事實，因為她覺得那太有損自己的尊嚴。

「你們騙得我好苦呀！」她悠悠地嘆了一口氣。她的感情很複雜，又高興又害怕，也有些許的不快與懊惱。我們這對相依了二十幾年的母子，到底是同心的，他看中意的女人，我也中意。只是，他實在不該瞞著我，不應該到了這個地步才讓我知道。

「表姊，你不會生我的氣吧？」梁太太有點擔心地望著她。

「怎會嘛？我謝你都來不及呢。」

「媽，您生不生我的氣？」桂生依然站在那裡，惶恐地問。

「伯母，我——我簡直太對不起您。」黃沅秋也仍然低著頭。

「沅秋，你還要叫我伯母？你應該叫媽呀？來，大家喝酒。」唐太太首先舉杯，把杯中的酒，一飲而盡。

大表妹的話說得對。娶媳婦是兒子的事，做母親的管不著。我瞎操心做什麼？如今可是給他們以笑柄了。我嫌人家年紀比桂生大，嫌人家離過婚；現在看到了這個我本來連照片都不肯看一眼的女子，卻又驚為天人，一見鐘情，豈不是自己打自己嘴巴嗎？啊！但願桂生不要記恨，但願沅秋不會瞧不起我這個婆婆。

「大表妹，再給我一杯酒。」唐太太用力眨著眼睛，把在眼眶中打滾的淚水逼回去。「謝謝你，大表妹，我真的謝謝你。」她把酒杯舉起，一隻手搖擺不定地向空中晃了晃。「桂生，沅秋，你們能夠原諒我嗎？」她的聲音有點模糊不清。

梁太太憐憫地望著她的表姊。

那一對正在熱戀中的人卻在想：媽媽為什麼有點語無倫次，難道她喝醉了？

昇華的友情

她昂著頭走進了資料室。

黑框眼鏡幾乎佔了她面部的三分之一，顯得她的臉很尖很小。短短的、直直的頭髮全部梳向腦後，使她看來像個男孩；但是，穿在她瘦削的、沒有曲線的身體上的那件灰色旗袍，又使得她看來像個女傳道家或者老處女。

她昂著頭走進了資料室，走到管理資料的小李面前。

「我要找去年十月份的中央日報。」她說。她仍然昂著頭，聲調是冷冷的，眼睛並沒有望著對方。

小李也沒有望她一眼，逕自拿鑰匙去打開了櫃子，找出了她所要的那份報紙合訂本，用不太輕的動作放在桌上，就不再理她。

她也沒有說話，有點吃力地抱起了那本合訂本，又昂著頭走出了資料室。

望著她瘦削的背影，小李「呸」了一聲，自言自語地說：「老小姐神氣什麼？送給我我都不想要哩！」

「小李，別酸葡萄主義啊！其實，文石心並不錯，只可惜太驕傲就是。」另外一個同事老潘打著哈哈。

「算了，我可敬謝不敏，你有意思你自己去追吧！」小李沒好氣地白了老潘一眼。

「小李，你說話可要小心一點啊！這種話傳出去，給我家黃臉婆聽到，不把醋罈子打翻才怪哪！」老潘說著吐了吐舌頭，又問坐在他對面的張斌說：「小張，你說是不是？」

剛到差沒幾天的張斌笑了笑，沒回答他的問話，卻是好奇地問：「這個女的是誰？她的年紀並不大，你們為什麼叫她老小姐呢？」

「唔！二十六七歲的女人，也許還不算太老；但是，你看她那副神氣，像不像個老小姐？」小李搶著回答。

「她結婚了沒有？」張斌又問。

「就是沒有，我們才這樣叫她嘛！怎麼，小張，你對她也有意思？」老潘笑嘻嘻地說。

張斌紅著臉正想分辯時，小李又搶著說了：「不，老潘，你可不能鼓勵小張去追老小姐，小張的年齡恐怕比她小哩！」

「小張，你幾歲了？」老潘說。

「二十四了，我是前年畢業的。」

「你看，我沒猜錯吧？」小李得意地對老潘說。「二十四歲的男人，應該找十八九歲的女孩子才對，怎可以找比自己大的女人呢？」

張斌沒有理會他們的廢話，他想起了另外一個十八九歲的女孩子——蓓蓓。

那個女孩子，高中剛畢業，沒考上大學，正在讀補習班。她喜歡穿著寬寬的襯衫和窄窄的長褲，騎著車滿街飛。她嘴巴裡老是不停地嚼著口香糖，不然就是哼著熱門歌曲。她也喜歡看電影、跳舞、游泳、逛街、坐咖啡室，總之，凡是玩的她都喜歡。張斌的興趣跟她並不一樣，但是，他被她那雙有著長長睫毛的大眼睛以及蘋果似的臉蛋所迷惑，每當他跟她在一起，就會忘記了自我。

他是讀中國文學的；可是，當他和她在一起時，她的談話總是這一套：

「啊！昨天晚上我在小黃家裡跳了個通宵，真過癮！就是你討厭，都不來參加！」

「你看，亞蘭德倫這張照片多帥！他的笑容真迷人！你笑起來也有點像他，可惜你這個人不大愛笑，像個老古板！」

「黛黛跟小林泡上了，他們真是一對寶貝！」

他們出去玩的時候，他想看文藝片，她卻要看那些胡鬧的喜劇。有時，他勸她讀讀世界名著，她卻寧願看電影畫報、時裝雜誌。儘管如此，他還是處處遷就她，因為他愛她，他要像一個大哥哥對待小妹妹那樣愛護她。當然，她也蠻喜歡他的，因為他的笑容有點像亞蘭德倫。

但是，最近她似乎有點變了，他約她出去，她總是說沒有空，好不容易約出去一次，她又是板著臉噘著嘴，像有誰欠了她的債似的。

他忍不住問她了：「蓓蓓，到底是怎麼一回事嘛？你為什麼要這樣對我？我什麼地方得罪了你呢？」

她先是悶聲不響，問急了，就說：「我們以後還是少來往算了，你要上班，我也要用功一點才行，否則明年再考不上，爸爸不把我罵死才怪！」

「啊！原來是為了這一點！我的小蓓蓓，你怎麼忽然間認真起來？你要用功，我可以幫你嘛！」他開心地說著，放下了心上的一塊大石頭。「至於我這方面，我又不是在上班時間約你出去，有什麼關係呢？」

她聽了勃然大怒。「算了吧！你會幫我什麼？除了國文以外，我不懂的你也不懂。認識了你也算我倒楣，人家小蘭、安娜、美美她們的男朋友個個都到了美國，常常寄些美國的小玩藝、巧克力什麼的回來給她們，神氣死了！就是你這個壽頭，說什麼讀中文系的人犯不著也一窩蜂的出國，心甘情願的躲進那間資料室裡做小職員，你自己說窩囊不窩囊？」

他被罵得臉色發白，自尊完全被撕毀了。我窩囊？不出國留學就是窩囊？這是誰給下的定義？蓓蓓的腦袋裡裝滿的是什麼思想呀？他能夠進入這家私人企業公司的資料室工作，已使他的許多同學羨慕不已。他們之中，大多數去當國文教員，有的在一些私人機構中做文書工作，有些還沒有找到職業。他在這裡，每個月拿一千八百塊錢，完全沒有事情做，有充份的時間可以供他自修，這份許多人求之不得的工作，想不到卻被蓓蓓認為沒有出息，罵他窩囊廢。

當然，一份太清閑的工作對青年人是不理想的，這會使得他沒有機會學習，沒有機會發展抱負，同時也會由於自己的不被重視而發生自卑感。這間資料室，連張斌在內，一共是四個人。一個是從來不要上班的主任；一個老潘，名為副主任，其實也沒有什麼工作；一個是小李，只有他才是實際的工作者。本來，三個工作人員已經嫌太多；但是，張斌一位身為高級民意代表的父執的一封八行書，又使得這間資料室多一個冗員。實際的情形，張斌起初並不清楚，他實在是求職求急了，才想到要去找那位父執幫忙的。進來後曉得自己原來是一個多餘的人，當然多少感到有點委屈，不過，一想到謀職是那麼不容易，也就只好認了。有機會再作別的打算吧！來日方長啊！他這樣安慰著自己。

想不到，他一直認為純潔可愛得如安琪兒一樣的蓓蓓竟然瞧不起他的工作，還怪他不出國留學。哼！

十八九歲的女孩子又怎樣？幼稚、膚淺、無知、虛榮……全都集中在她的身上。青春假如是這樣沒有內容，又有什麼可值得驕傲的。

*　　*

那天，小李生病請假，老潘叫張斌去坐小李的辦公桌，暫代小李的工作。平日坐慣了冷板凳，忽然有工作可做，張斌覺得很興奮，他用心地剪著、貼著，做得比小李還要好。當他正低頭把一份有關他們公司的剪報小心翼翼地貼到資料簿上的時候，他聽見有一個女人的聲音在說：「喂！替我找一找今年二月的中國郵報。」

誰說話這樣沒有禮貌？他錯愕地抬起了頭，是她，老潘他們口中的老小姐。她的頭昂得高高的，黑框眼鏡後面的近視眼望向遠處，彷彿不是在跟他說話。

「小姐，請問你是在跟誰說話？」他放下手中的漿糊棒子，抬起頭，沒好氣地說。

大概是因為發覺聲音不同吧？文石心低下頭來看了張斌一眼，自言自語地說：「哦！原來換了人！」然後就改用比較溫和的聲調說：「請你替我找一找今年二月的中國郵報。」

「這才像話嘛！」張斌笑了笑，對自己說。接著，就站起來，找到了她所要的報紙，交給了她。

「謝謝。」文石心接過報紙，冷冷地說了一聲，立刻就昂起頭，皮鞋閣閣閣地走了出去。張斌望著她瘦削的身影走出門外，不覺搖頭太息。

「小張，老小姐對你還不錯嘛！居然還向你說謝謝哩！」老潘從辦公廳的另一頭大聲地叫著，一面哈哈大笑。

「還有什麼嘛？你沒看到她態度多冷淡。」張斌說。

「你還嫌她冷淡？我看她從來就沒有跟小李說過一句比較客氣的話；當然，這跟小李本人的態度也有關係。」說到這裡，老潘壓低了聲音：「我告訴你，小李以前追過她的，人家不理他，所以他就懷恨在心，處處跟她作對。」

「小李這樣未免太小器了！大丈夫何患無妻，何必跟一個弱女子過不去呢？」張斌憤憤不平地說。

「是呀！小李的態度我也看不順眼。文石心雖然傲慢，我還是同情她的。」老潘頻頻點著頭。

「那位文小姐到底是在哪一部門工作的？」張斌想起了心底一個久懸未決的問題。

「秘書室。人家還是位秘書老爺哪！」老潘笑笑地說。

「她幹嗎老是來找舊報紙？」

「寫宣傳文章嘛！×大國文系畢業的，寫得一手好文章，這些年來，咱們機關所有對外的宣傳文字全是她包辦的，聽說局長對她相當器重哩！」老潘搖頭晃腦地滔滔不絕的說著。

「哦！」張斌長長地應了一聲，頓時心中充滿了喜悅。也是國文系畢業的，而且也真的能夠學以致用，誰說讀國文的人也沒有出息？忽然，他對那個倨傲的小女人感到無限的景仰，同時，對蓓蓓的膚淺無知更覺無法原諒。

* *

小李的病需要休養半年，因此，張斌也得以繼續瓜代下去。自從他知道了文石心「寫得一手好文章」以後，不知怎的，每次見了她，他的態度就都表現得非常恭敬，這使得文石心對他也很有好感。

「那新來的孩子很有禮貌，」那是她在心目中對他所下的評語。為了這一點，她簡直希望小李一直病下去，永遠不要回來。現在，她雖然還不知道「那新來的孩子」的姓名，起碼，每當她走進資料室的時候頭不再昂得那麼高，說話的聲音也溫柔得多。

老潘冷眼旁觀，看得很清楚。「小張，你真是個好孩子！你彬彬有禮的態度感化了老處女了。可惜她年紀比你大，不然——」

張斌脹紅了臉。「潘先生，你不要亂講。」說著，他下意識地摸了摸自己的鬍子樁。為什麼每個人都把我當作小孩子呢？我的鬍子不是已經長得又粗又硬了嗎？一個初冬的晚上，張斌加了兩小時的班，從局裡走出來。天下著細雨，有點冷，還沒有吃晚飯的他，瑟縮在人行道上，頗有饑寒交迫之感。他豎起衣領，沿著人行道走到一個牛肉麵攤上坐下。

「來一碗牛肉麵。」他急不及待的說。

坐在他旁邊一個穿著雨衣的女人轉過頭來看了他一眼。「還沒有回家？」

好熟悉的聲音！他也轉過頭去。頓時，他眼睛閃亮，渾身發熱起來。

「文小姐，是你！」他驚喜地叫著。「我今天加班，剛從局裡出來。你呢？也還沒有回家？」

「嗯！今天我也加班，肚子太餓了，只好先來吃碗麵。」文石心點點頭說。

他陪著笑，不斷地微微點首，心裡有好多話想跟她說，可又不敢說出口。

他的麵來了，文石心的卻已吃完。她文雅地用手帕輕輕地卻去唇上的油膩，然後從皮包裡拿出二十塊交給麵攤老板：「連這位先生的一起算。」

「不！不！文小姐，我來給。」張斌手忙腳亂地推辭著。

「一碗麵算得了什麼？小心把湯都打翻了。」她站了起來，淡淡的笑著說：「我先走了，你慢慢吃吧！」說著，就翩然地走開。

張斌呆呆地望著她瘦削的身影，竟忘了道謝。

文石心有幾天沒有到資料室來，張斌急得什麼似的，因為他沒有機會向她表示謝意。他不敢到她辦公室去找她，好幾次下班後在大門口等她又碰不到，最後，他想到了用寫信的方法。

「文小姐：

那天叨擾了您一碗牛肉麵，當時在惶恐之中竟忘了向您道謝，非常失禮。您可以賜給我一個補償的機會嗎？星期六中午，我想請您吃一頓便飯，假如那天下午您沒有事，我們更可以共渡一個愉快的週末。不知尊意如何？同意的話，下班後請駕臨××二樓，我將在那裡恭候。不來的話，也用不著回音，我不要給您增加麻煩。敬祝

刻安

張斌敬上」

把信交到收發那裡以後，他就立刻開始後悔起來。對文石心這般倨傲的女人，我這樣做會不會太唐突呢？萬一她生氣了，我以後跟她見了面將如何尷尬！萬一她把這封信公開出去，說我張斌在追求她，傳為笑柄，那我又怎能做人啊！我的好文石心，但願你不至於這樣狠心無情，你應該看得出我對你的崇敬啊！

他忐忑不安地等了幾天，到了星期六的中午，卻反而處之泰然。她不會做出傷天害理的事情的，她是個有教養的、善良的女性，我看得出來，倨傲只不過是她性格的另一面罷！他安逸地坐在飯館樓上的卡座中，啜著茶，耐心地等候著。現在，她來不來對他都不太重要了。她來，表示她看得他起；不來，也是意料中的事，大家都說她是老處女型的人嘛！怎會答應男同事的約會？

樓上的顧客不怎麼多，他面向樓梯坐著，可以清楚地看得見每一個上下的人。等了七八分鐘，隨著一陣細碎的腳步聲，他便看見文石心走上來。按捺著一顆狂喜的心，他站起身來去迎接；但是由於太過興奮了，他只是傻笑著，不知道說什麼好。

倒是文石心比較自然。她微笑地問：「等了很久了麼？」

「啊！沒有！我才來。」張斌傻乎乎地回答著。「文小姐，我以為你不來。」

「我本來不想來的，你為什麼這樣死心眼，吃一碗麵都要計較？」文石心說。

「假如不為了那碗麵，難道我就不能請你？」他忽然變得油嘴起來。「文小姐，你也許不知道，我是很欽佩你的，你的文筆全局聞名。」

「呵呵！」文石心把手一揮，兩隻眼睛在黑框眼鏡後面笑得彎成了縫。「那些算得什麼文章？你別挖苦我。」

「真的，文小姐，我說話的真心的。也許因為自己是讀中文出身的關係，我對所有能寫的人都很尊敬，請你相信我。」他卻是很嚴肅地說。

「哦！你也是讀中文的？你在哪個大學畢業？」她驚喜地問。

他告訴了她，點過了菜，然後兩個人就娓娓談起了學校的一切。她比他只早兩年畢業，學校雖不同，卻有許多師友都是彼此認識的，不禁愈談愈起勁，等到一頓飯吃完，兩個人已像老朋友一樣。文石心的落落大方與隨和的態度，使得張斌很為她那個「老處女」的綽號叫屈。在文石心方面，也覺得張斌這個小老弟相當不錯，他天真而老實，對她完全是純潔的友情，不像別的男人，看見女人就打主意，得不到就想辦法害人。

吃過飯，才不過兩點鐘，張斌問文石心下午有沒有空。文石心說：「太重要的事情沒有的，只是，想回家陪陪母親罷了！」

「假如沒有特別的事，賞光去看一場電影如何？」張斌乘機邀請她。

文石心想了一想說：「這樣吧！我來請你，正好有一齣電影我想去看的。」

「不能讓你請！」他推辭著。

「不讓我請就拉倒。」她乾淨俐落地立刻拿起皮包。

「好！好！你請！你請！」他連忙趁風使舵。良機當前，怎可錯過啊？

他們同去看了那部轟動一時的文藝片。在那段時間裡，文石心一直擺出老大姊的姿態，處處照拂著張斌。家裡只有兄弟而無姊妹的張斌，從來不曾受過女性溫柔的照顧，覺得非常受用。

那天，他們看完了電影就分手，因為張斌不敢操之過急，他怕文石心會不高興。

* *

儘管文石心仍然穿著老處女式的服裝，儘管她對男性仍然是冷若冰霜，倨傲得使人起反感；然而，現在的她對待張斌卻是溫和有禮的。她走進資料室時不再昂首闊步，借資料時總是帶著笑容，臨走也必定說一聲「謝謝」。這一切，老潘都看在眼裡。「小張啊！老處女對你不錯嘛！」

不知怎的，張斌現在已無法忍受別人說文石心是「老處女」，他有著想揍老潘的衝動；但是，因為到底他是他的上司，所以，他忍住了。

「潘先生，尊重別人就是尊重自己，我們不要隨便給別人加上綽號好嗎？」他板著臉，正色地說。

「好！好！好！小張，我聽你的。」老潘被張斌說得有點不好意思，他想笑又不敢笑，只好裝著笑臉答應。

下一個週末，張斌又有了約會文石心的藉口——他要回請她看電影，而文石心也沒有拒絕。人的感情是很微妙的，尤其是男女青年之間的相處。經過了幾次約會之後，文石心起初覺得張斌這個人還不錯，漸漸就覺得和他在一起很愉快了。至於張斌，起初對文石心也只是一種尊敬和仰慕之情，慢慢的，這種仰慕之情就萌生了愛之花朵，在他的心目中，文石心是個完美的女神。

有一次，張斌對文石心說：「我們認識這麼久了，我是不是應該去拜訪伯母呢？」

從她口中，他知道她從小喪父，現在跟母親相依為命。他們的交情既已邁進一步，為了要贏得她的芳心，他自然有著去跟老太太聯絡感情的必然。

誰知道，她聽了他的話，立刻就板著臉說：「不必了！」

「為什麼？」他愕然地問。

「不為什麼，叫你不要去就不要去。」她的臉蒙上了一層嚴霜。

他不敢再問了。

在一次偶然的機會中，張斌遇到了一個中學時代的同學，這個同學剛結婚不久，他的妻子是×大學的畢業生，談起來正是文石心的同學。由於這個關係，他們的話題就集中在文石心的身上。

同學的妻子說：「文石心這個人有點怪，你覺得嗎？」

「有一點。」張斌勉強點點頭。

「她的怪是有原因的，她的父親在年輕時就把她母親拋棄了，所以，她的母親恨透了所有的男人，並且把這個思想灌輸給她，警告她不要交男朋友，更不要結婚。在大學裡，她就打扮得老里老氣，從來不跟男孩子講話，我們都叫她小尼姑。她現在還是這個樣子嗎？」同學的妻子滔滔不絕地在談論別人之短。

「這個嗎？我也不太清楚，因為我跟她不算很熟。」張斌心中隱隱作痛，只好支支吾吾地應付過去。

可憐的文石心呀！你為什麼這樣愚昧？為什麼為了你母親錯誤的思想，就甘心把寶貴的青春虛擲呢？不！我決不容許你這樣做，我要拯救你，我要給你幸福。

過去，他們的約會的地點無非是在飯館和電影院，這次他對她說：「我們到碧潭去划船好嗎？今天天氣這樣好。」

文石心無可無不可的答應了。

在過去幾個月的交遊中，他們的相處就像同性的朋友一樣，極其自然而純潔，這也是文石心對張斌發生好感的原因之一。她想男女之間沒有真正的友誼，我和張斌的情形不是一個最好的明證嗎？

在碧潭的小船上，文石心仍像過去每一次那樣娓娓而談；但是，張斌卻一反常態，變得非常的沉默。當她剝了一個橘子給他而他竟然不接時，文石心不禁詫異地問：「你今天怎麼啦？好像是在鬧情緒哩！」

「是的，因為我被人欺負。」他噘著嘴，像個受屈的孩子。

「誰欺負你啦？」她關心地問。由於痴長兩歲，她一直是以大姊自居的。

「我交了一個好朋友，我對她完全推心置腹，但是她卻對我事事隱瞞，保留距離，你說我傷心不傷心？」他別轉了頭，憂鬱地望著船外的悠悠綠水。

「她是誰？」文石心臉紅紅地，有點心虛的問。

張斌突然回轉頭來，定定地注視著她，執著她的雙手：「石心，你為什麼不讓我上你家去？是不是認為我見不得你的母親？」

「我——我不是這個意思。」她被他的舉動嚇了一跳，訥訥地分辯著。

「那麼是為了什麼？」他靠近她一點，逼問下去。

「我母親不喜歡——」她頓了一下又說：「有男性上我們家裡。」說著，她的眼眶中已充滿淚水，把眼鏡片弄得迷濛一片。

「石心，你不要繼續欺騙自己也欺騙我了。我知道，你母親不准你交男朋友，即使純潔得像我們這樣也不答應。是不是？」他仍然緊緊執著她的雙手。

她無言地點了點頭，淚水沿著雙頰滾滾而下。

「可憐的人兒！你怎可以為了那不值得的愚孝就犧牲了自己的終身幸福呢！你必須為你的幸福而奮鬥，帶我上你家裡去吧！我會設法使你母親喜歡我的。」

船划到無人的地方，張斌把臉湊去，輕輕地吻去文石心臉上的淚痕。

文石心沒有避開他，快樂的淚水卻汩汩流個不停。因為她明白：從友情中昇華出來的愛情是最純潔最崇高的。

貴親

一

鍋裡的油沸了，直冒著煙，芷英手忙腳亂地在切著菜，切一把，扔一把到鍋裡去，一面還用鍋鏟去翻炒著，真是緊張得如臨大敵。偏偏她的丈夫石光潮在這時候跑進廚房來，嘴裡還不停地叫：「芷英，芷英，好消息！」

「什麼事情大驚小怪的？」她頭也沒抬一下，懶洋洋地問。在她的記憶中，光潮所說的好消息無非是「調整待遇，加薪一兩百元」、「領到加班費五十元」或「明天放假一天」這類無關宏旨的事情而已，那是不值得太過驚喜的。

「你看這段消息！」光潮把一份報紙在她面前晃著。

「人家忙死了，沒有功夫看。」

她一面把剩下的菜統統倒到鍋裡去，一面又忙著去切一塊冬瓜。

「你聽我唸！」光潮把報紙舉得高高的，頭昂起，彷彿在宣讀一份重要文告：「我旅美著名物理學家武大偉應教育部之邀請，將於本月中旬回國講學……」

「這關我們什麼事？別唸了，到前面去照顧孩子們吧！」

「什麼？不關我們的事？你再聽下去：同行者尚有武氏之夫人康振寰女士，康振寰亦為著名之教育家，現在美國芝加哥大學執教。」

「哦！康振寰！原來你那位大名鼎鼎的表姊，你的舊情人要回來了，怪不得你高興得那樣子！」芷英把鍋裡的菜鏟了起來，冷笑著說。

「喂！別亂講好不好？幾十年的陳醋也要吃，豈不笑死人？」

「誰吃醋？那你高興做什麼？把菜拿出去！」

「我的高興有另外的意義，慢慢跟你講吧！」他吹著口哨把菜捧了出去。

芷英從廚房裡忙完的時候，她發現晚餐的桌子上多了一盤臭豆腐乾和一瓶紅露酒。

「哼！慶祝和舊情人重圓？」她又冷笑了。

「不，慶祝我的霉運將有了轉機。來，先乾一杯！」光潮微笑著向她舉杯，看見她沒理會，就仰起脖子，把一杯酒灌進自己的肚裡。

芷英一面張羅著為三個孩子盛飯夾菜，一面用懷疑的眼光瞅住丈夫：「你又在打什麼鬼主意？」

「你不是說這個消息和我們沒有關係嗎？」

「我原先是忘了武大偉就是你的表姊夫呀！」芷英在丈夫對面坐下來，扒了一口飯，又說：「可是，這跟你的霉運又有什麼關係？」

「關係大極了。」光潮搖頭晃腦地說。

「哦！我明白了，你要請他介紹工作。」

「你猜得對，正是這意思！以一個揚名國際的學者的身份，又是十餘年來第一次回國，誰好意思不賣他賬？介紹一份工作，在他簡直易如反掌。」

「可是，可是……」

「可是什麼？」

「你和他沒有見過面，沒有感情。」

「沒見過面又有什麼關係？難道表姊不替我說話？」

「你又忘了，你和你的表姊已有二十幾年沒有見過面了。」

「那也不要緊！難道她忘了她的娘和我的娘是嫡親姊妹？」

「她可能忘不了你和她的舊交情罷！」芷英又是酸溜溜的微帶妒意。

「唉！你這人真是死心眼！老提這沒有意義的事幹嗎？喝一杯酒慶祝我們行將轉運！」

「我才不喝哩！等真的成功了再慶祝不遲。」多年來現實的煎熬已使得芷英的感情有點麻木，她不容易流淚，也不輕易高興；尤其像這類的美麗憧憬，在她看來簡直是一張空頭支票，一日不兌現，她是一日不會相信的。

二

飛機場的候機室裡是非常熱鬧，坐著的、站著的，到處都是衣冠楚楚的紳士和華服艷裝的淑女。他們都在談著笑著，彼此握手寒暄，彷彿是在舉行鷄尾酒會而不是在接飛機。

光潮和芷英恐怕是這裡最卑微也最不為人所注意的兩個人。光潮一手抱老二，一手攙著老大，芷英懷中抱著老三，就憑他們這副拖男帶女的狼狽相，就不像一對高貴的人物。更何況他們所穿著的都和那群紳士淑女們有著很遠的一段距離？因為他們到得早，而又沒有人認識，所以他們始終默默地坐在長椅的盡頭上；除了有一兩次為了老大的溜跑了而不得不起身去追回來，兩個人都各自坐著在沉思。光潮一半是在追憶那段粉紅色的往事，一半則在幻想他的表姊，現在是否還像從前那副嬌小的樣子？芷英除了有點好奇想看看丈夫的舊情人廬山真面目以外，就感覺到簡直是在受罪。她本來說不要來的，但光潮非要她來不可，因為他認為全家出動才夠尊敬、才夠誠意。

擴音機傳出班機抵達的報告後，大夥兒一擁而出，光潮不甘後人，也率領著妻子跟著人家擠。當分散的人群一旦集中在一起時，人顯得更多，而一個人也不認識的光潮夫婦也就顯得更加孤獨，更加卑微了，在歡迎的旗幟飄揚下，光潮突然感到了一陣悲哀：我有資格和這些人混在一起嗎？

龐大的客機輪子停止滑動，工役推著扶梯迎了上去，機門打開，人群立刻一擁而前。旅客們陸續下機，當一個矮瘦的戴著寬邊眼鏡的中年男子出現在機門口時，人叢中有人叫著：「武大偉先生！」於是無數架照相機就對準了他。

武大偉微笑著，一面舉手對歡迎的人致意，一面讓身後的女士也站出來。光潮張著嘴，睜著眼，不轉睛地盯著這胖如水捅，厚塗脂粉的中年女人，難道她就是康振寰？大眼睛變了小眼睛，身軀膨脹了一倍有餘，本來白嫩的皮膚都掩蓋在脂粉下；唯有那甜蜜的笑容，才使他依稀記得她當年的樣子。

「這就是你表姊？」芷英在他耳邊悄悄地問，在她的聲音裡有著得意的成分。

「大約是吧！她變得太多了。」他喃喃地說。

武大偉夫婦走下飛機來，大夥兒又簇擁過去，有的人在叫武博士有的叫大偉兄，有的叫David，有的叫武太太，也有叫振寰的，亂七八糟的擠成一國。光潮不顧孩子被擠的危險，也趕過去叫表姊；但康振寰哪裡聽得見呢？即使聽得見，也不會知道是叫她的。

光潮沮喪地退了出來，孩子哇哇哭叫，他也滿頭大汗。

「我看算了吧！人這麼多，你休想她見到你。」芷英抱孩子也抱得手痠了，就提議回去；而兩個大孩子吵著說肚子餓，沒奈何，只好鎩羽而歸。

三

在招待所的樓下，光潮把他的名片交給一個僕歐。僕歐在他的身上掃射了一眼，然後用傲慢的神氣叫他稍候，就拿著名片上樓去。

「你在那邊坐一下吧！武博士現在有客。」五分鐘之後，那僕歐下來對他說。

在那間佈置得堂皇華麗的接待室裡，光潮不安地在翻閱著一本英文雜誌。他不停地看錶，不停地拭著掌心的汗，也不停地舔著發乾的嘴唇。

十幾分鐘過去了，他聽見樓梯上有人聲和腳步聲，一對外貌高貴的男女走在前頭，康振寰和武大偉跟在後面，看來是送客的樣子。等他們送走了客人，轉身要上樓時，光潮就迎將上去，恭敬地叫了一聲「表姊」。

「呵！光潮，我想不到你也在臺灣。」康振寰伸出一隻肥胖多肉的手和他相握，聲調中並沒有太大的驚喜（光潮想她是因為先看到了名片之故）。接著她就對丈夫說：「David，這就是石光潮，我的二姨的兒子。」

「你好！請上樓坐！」武大偉也伸手和他相握。

「表姊，那天我帶著內人和孩子到機場歡迎你們們兩位時。當時我還叫了你，因為人太多，你沒有聽到。」在樓梯上走著時，光潮就這樣說。

「噢！I am sorry! 你幾時結婚的？幾個孩子了？怎麼不帶他們來呢？」

「我結婚八年了，已有三個孩子，晚上出來不方便，改天再叫他們來見表姑媽和表姑爹吧！」

「不敢當！不敢當！歡迎你們來。」武大偉在前頭聽見他的話，就隨口的說。

「你是什麼時候到臺灣來的？二姨現在有消息嗎？」在房間裡，康振寰按鈴叫僕歐送來三杯冰紅茶，她坐在光潮的對面，似乎很關心地問這問那。

「我卅八年來的，媽那邊已好幾年沒有消息了。大姨呢？」

「還不是一樣！你現在在哪裡工作？生活還好嗎？」

「哪談得上好？幹的不過是幾百塊錢一個月的小公務員吧！孩子多，物價貴，連起碼的生活都很難維持啊！」談到生活，光潮立刻就滔滔不斷地訴著苦，後來他發現一直沉默的武大偉已微微地皺著眉，才警覺地住了嘴。

「我們在美國倒是聽說臺灣物價很安定，生活指數也很低哩！在美國才不得了，我們又沒孩子，兩個人工作都要很節省才過得去，我每天還要自己燒飯擦地板啊。」康振寰顯然在設法轉移話題。

「這不太辛苦了嗎？」光潮敷衍著回答。

「她還是勞苦一點好，要不然就會更胖了。」武大偉這時才開了腔。

「光潮，你在機場時是不是完全不認得我？你看，我竟胖成了這個模樣。」康振寰捏著自己手臂上的肥肉。

「胖是胖多了，不過樣子還沒有怎麼大變。」光潮違心地說，他發覺她投給自己一個感激的眼光。

說到這裡，僕歐敲門說有客來見，光潮只得起身告辭。臨走的時候他說：「不知表姊夫和表姊什麼時候有空，到我住的地方來看看，讓內人做兩道菜給兩位洗塵？」

「不必麻煩了，我想我們是沒有辦法抽身的，謝謝你。」武大偉斬釘截鐵地拒絕了。

「你帶他們來坐吧！我不講學，比較他是空一點。」到底是表姊，康振寰的說話夠人情味得多。

四

全家出門，在石家本來就是一件大事，何況這一次還是事前毫無準備的？昨天晚上康振寰只說了一句叫他帶家人來坐，第二天光潮就緊張了一天。從上了班到下班前的五分鐘為止，他起碼打了七八次電話到招待所去，結果是沒有一次碰上他表姊在家。此刻是晚上八點多了，他在坐立不安之餘，突然心血來潮，又跑到街上去打公用電話。接電話的是康振寰，他說他們剛赴宴回來，不打算出去，你們要來就來好了。光潮興奮極了，也沒有注意到他表姊的聲調裡帶著不耐煩的表情，就飛奔回去，要芷英立刻帶孩子們出動。芷英不情願也沒奈何地為孩子們穿戴好，自己也略略化妝，就跟著光潮坐上他們平日難得一坐的三輪車，去會見他們的貴親。

去到招待所的時候，康振寰正在洗澡，室中只剩下武大偉一人在看書。不知怎的，光潮對武大偉有點畏懼的成份，當他把芷英向他介紹之後，竟覺得沒有話可說了，三個人呆呆地坐在那裡。

武大偉顯然是個不喜歡孩子的人，因為他對於表弟帶來那三個小把戲，除了看了一眼以外，竟然沒有問半句。孩子們剛進來時由於境環陌生，還能規規矩矩的坐著，但是，五分鐘之後，老大老二就開始蠢蠢欲動，十分鐘之後，就在光滑的地板上跑跳起來。

芷英急得什麼似的大聲喝止，既怕有失文雅，置之不理又怕武大偉不高興。在沒有辦法之下，她只好把兩個小淘氣一把抓住，叫光潮抱住老大，她自己把老二老三緊緊摟在懷裡。

武大偉不知是真的急於要洗澡呢，還是要想擺脫這兩個無話可談的客人，因為他竟離座走去敲浴室的門，催他的妻子快點出來。

「你好了沒有？你的表弟和他的妻子等了很久了。」他用英語對著浴室的門說。

「我馬上出來。」康振寰也用英語回答。

「她每次洗澡都洗那麼久。」武大偉轉身出來聳聳肩，仍然用英語對光潮夫婦這樣說。說完了之後，大概是發覺自己使用的語言錯誤了，又馬上用國語說一遍。

這些普通英語會話光潮夫婦並非不會，但此刻他們都因為拘束與畏懼而答不出來，只是連連的說「不要緊」。

穿著浴衣的康振寰顯得更胖了，她一出現，空氣立刻輕鬆起來，武大偉立刻乘機告退。也許是沐浴後的緣故，康振寰今天的態度似乎親切了一點，她不待光潮介紹，就先用尖銳的眼光很迅速地把芷英從頭到腳掃射一眼問：「這位就是表弟妹？」

「是的，她叫芷英。」光潮恭敬地回答。

康振寰沒有理會芷英的「表姊，您好？」這句問候語，又自顧自地點數著孩子們：「一、二、三，三個，啊！不得了。」

有人提到孩子，光潮抓到話柄了，他連忙命令孩子們叫「姑媽」，還故意略去一個「表」字，以示親熱。

「你們是哪一年結婚的？」康振寰坐在一張沙發上，又問，眼光一直沒有離開芷英的身上。

「我們是四十一年結婚的。」芷英被看得渾身不自在，低著頭回答。

「哦！那你們結婚比我們遲多了！」康振寰視了三個孩子一眼，恍然大悟地說。

「是呀！比你們遲了七年。」光潮乘機插嘴，還意味深長地看著他的表姊，表示：還不是為了忘不了妳？

「咦！你怎知道我們什麼時候結婚？」康振寰根本就沒有注意到她這個久已不放在心上的舊戀人的眼色，相反地，她卻因表弟的關心而感到意外。

「為什麼不知道呢？我記得最清楚了，你們是在勝利後的第一個聖誕節在美國結婚的。」光潮得意洋洋地回答。

「你說得沒有錯！可是，自從太平洋戰事發生以後，我就和在上海的你們失卻聯絡了，你怎會知道得這樣清楚？」

「你和表姊夫都是大名鼎鼎的學者，當時，哪一家報紙不競載你們的婚訊？」光潮又適時地拍了一下馬屁。

「這真虧你記得，我呀！不要說別人的事，連自己的事也記不了。現在說說你們的事吧，你們是在臺灣認識，還是在大陸認識的呢？」

「在這裡認識的，她原來是我的同事。」

「那你現在還在做事沒有？」康振寰轉向芷英說。

「沒有，自從大孩子生下來我就辭職了，這機關待遇低，一個月的薪水都不夠付傭人的工錢，我只放棄工作了。」

「芷英文筆不錯，也很有辦事能力，現在為了生活，只好在家洗衣燒飯。」光潮在旁又搶著說。

「女人本來就應該呆在家裡。美國的太太們，即使她是博士也好，如果孩子們小，而又是請不起傭人，她也是心甘情願做個家庭主婦的。」康振寰好像忘記了自己也是女人似地大發議論起來。

這時，武大偉洗完澡出來了，他不停地打著哈欠，一面問妻子：「明天我們的節目是什麼？」

「明天的節目倒是比較輕鬆的，先到臺中去拜會省主席，然後遊日月潭。」

「哦！你們明天要離開臺北？那要什麼時候回來呢？」光潮焦急地問。

「五天之後，因為我們還要到高雄去。」康振寰也打著哈欠了。

光潮還想多問，但芷英機警地止住了他：「表姊夫和表姊明天要坐火車，讓他們早點休息吧！我該告辭了。」

「好的，好的，等我們回來你們再來坐吧！」武大偉夫婦一聽他們告辭，如釋重負，沒有半句挽留的話，立刻站起來送客。

老三早已在媽媽懷中熟睡，老二也瞌睡得搖搖欲倒，老大又不斷吵著說肚子餓，這一家人回去時比來時更狼狽萬倍。不但如此，芷英還憋了一肚子悶氣，因為她認為丈夫舊情難忘，故意撩起往事，而且處處向表姊討好。光潮對妻子的埋怨，極口呼冤。他向她解釋也是為了要走內線。而在他內心之中，除了想叫表姊夫介紹工作外，其實他還想表姊能給他以經濟上的援助；不過，這一個近乎「貪」的想法，即使親如妻子，他也是不想透露出來的。

五

在報上看到武大偉夫婦北返的消息，在這五天內一直急得如熱鍋上螞蟻的光潮，在當夜就不顧一切地事先也沒有打電話，就闖到招待所去。

總算他幸運，沒有白跑，武大偉雖然去赴宴，但康振寰卻因胃痛沒有同去。她擁被斜臥在床上接見光潮，看著她垂目皺眉的樣子，光潮不禁想起了二十多年前那個又瘦又弱，常鬧胃病的人兒。

「表姊，這麼多年來你的胃病還沒有好？」他坐在床側的一張椅子上，溫柔地問。

「我想好不了哪！美國的這些名醫和特效藥都醫不好。」康振寰嘆了一口氣。

「在這裡找個中醫看看怎麼樣？我記得那時在上海你是給中醫看的。」光潮有意要勾起往事，用加倍溫柔的聲音說。

「光潮，你真是一點也沒有變，還是那副婆婆媽媽的樣子，過去的事都記得這麼清楚。」康振寰突然大笑起來，不知真的是光潮那副模樣惹起她好笑，還是她不好意思說自己去國多年，早已不相信中醫，故而轉變了話題。

「我……我……你……你的事，我都記得很清楚。」光潮脹紅著臉，鼓起勇氣，結結巴巴地說，他並非想撩起表姊的舊戀情，而只希望她體會過去的一段情緣而給予他幫助。

但是，康振寰有點誤會了，她眉頭皺得更緊，竟然不客氣地下起逐客令：「光潮，我痛得厲害，想睡覺了，你沒有事就回去吧！」

「呵！沒事，沒事！我替你叫醫生好不好？」光潮慌忙站起身來。

「不用了，我有藥。」康振寰閉起眼睛說。

「表姊！」光潮走到門口又轉身叫了一聲。

「什麼事？」她張開了眼睛。

「我，我想請表姊夫給我介紹一份工作。」光潮垂著頭說。

「介紹工作？Oh! No, It's impossible.」康振寰突然尖叫起來，好像看到了老鼠。

光潮被她的尖叫嚇得頭垂得更低了，一句話也說不出。

「你怎會有這個想法呢？他不是大官，他只是一個學者，又一向在外國，在這裡跟誰也不熟，怎能替你介紹呢？」康振寰又滔滔地說。

「我只希望表姊夫寫一張片子給我，我自己去進行。」

「不，光潮，這是不可能的。我們是清高的學者，我們不能夠藉著回國講學的機會就要求安插親友，領別人的情。你假如有什麼困難，我們可以幫助你，但是這一點卻做不到，希望你了解我們。」康振寰的口氣柔和一點，但卻毫無轉圜的餘地。

「我想我沒有什麼可麻煩表姊的了。」碰到了這個不軟不硬的釘子，光潮的雄心完全消失，他知道介紹工作一事已經絕望，而他另外一個連妻子都不讓知道的希望，又似覺羞於啟齒。於是說：「你休息吧！我要回去了。」

「哦！光潮，你等一等。」他走到門口時，康振寰叫住了他，同時走下床來，打開床頭小櫃的門，摸索了一陣，拿出兩個罐子來。這個時候她精神抖擻，又彷彿全無病痛的樣子。

「這兩罐肉鬆是別人送給我們的，你帶回給孩子們吃吧！我事前不知你們在臺灣，什麼東西都沒給你們帶來，真不好意思！」

「不必了，表姊，你們留著自己吃吧！」光潮萬分痛楚地說。介紹工作換來兩罐肉鬆，這使他感到有點屈辱。

「你還跟我客氣什麼呢？來，來，快拿去。」康振寰隨手拿起一張報紙，把兩罐肉鬆胡亂一包，就往光潮的手上塞。

光潮不便再推，只好接了過來，跟她道謝了，就怏怏地離去。

他覺得洩氣極了，回到家裡，不敢向芷英說出真相，而騙她說肉鬆是一個朋友送的。

六

博士夫婦講學完畢，要回美國去了。飛機場中的熱鬧比他們來時有增無減，可說是盛況空前。光潮獨個兒擠在人叢中，顯得比上次歡迎時更卑微，也更寂寞。他是為了禮貌，也為免使芷英生疑，知道他求職失敗而來的。他看著咖啡室中那一堆簇擁著他表姊夫婦的人，他已沒有了擠上前去高攀的興趣與勇氣，他只是靠著一根柱子在默默抽煙，等候他們上了飛機，便算完結一件任務。

突然。透過咖啡室那面大玻璃窗，光潮發現康振寰離座走了出來，她走出大廳，東張西望地似乎在找人。有幾個人趁這機會上前跟她握手道別，光潮想，既然來了，還是讓她知道好一點，否則她還以為我那麼小氣哩！

他上前去，叫了一聲「表姊」，康振寰立刻露出驚喜的表情，大呼小叫地說：「光潮，我正在找你呢！」

這一回輪到光潮驚喜了，他滿面堆著笑說：「真的嗎？」

「來來來，我們到那邊去談。」康振寰引著他走向沒有人的角落，從皮包裡拿出一個信封交給光潮說：「光潮，我們這次沒給你們帶東西，真過意不去！但是你要知道，我和你表姊夫都是教書的人，沒有什麼錢，雖然知道你們生活很苦，也是愛莫能助。這裡還有一點點臺幣，是我們用剩的，你替我拿去買糖果給孩子吃吧！」

說完了，她也不等光潮回答，就匆忙的走回咖啡室去。光潮愣愣地站在那裡，頭腦一時變得十分昏亂，他捏了捏那個信封，裡面裝得厚厚的，數目似乎不少，但不敢當場打開，因怕被別人看見。

上飛機的時候了，一大群人又簇擁著康振寰和武大偉出去。光潮跟在人群的後面，不知怎的他的眼睛竟漸漸濕潤起來，連自己也不清楚，這到底是惜別的眼淚還是因為錯怪了表姊薄情而感到內疚？

在迷惘中，飛機已開始滑走而逐漸起飛了。就在這一剎那間，時光彷彿倒流了二十幾年，他的心情又有點像當年在黃埔江邊送康振寰出國一樣。

七

在回家的公共汽車上，光潮一面盤算著該把這筆錢為芷英及孩子們添點什麼，一面就忍不住把信封打開來看。天！裡面除了有一整疊十元鈔票看來是一百塊以外，其餘亂七八糟的不過是幾張十元和五元的鈔票和一堆又髒又破的一元票子而已。一時間他心頭充滿了悲憤和被侮辱的感覺，恨不得把那個信封包扔到車外。

然而，到了他下車的時候，他的心情又平復了一些，他有什麼權利和理由要接受康振寰幫助呢？這一點錢康振寰是因為彼此的親戚關係，才不見外地交給他的，又怎能計算數目多寡？於是他咬咬牙聳聳肩自己作了鬼臉，算是把這些無謂的煩惱驅走，然後大模大樣地走進一家食品店，把那一百多塊錢，統統買了孩子們愛吃的東西回家去。

當他抱著大包小包進門去時，三個孩子都歡呼著向他圍攏過來，就是芷英也用驚喜的口吻問是誰送的。

「孩子們，這些都是那位胖胖的姑媽送的，好吃嗎？」他一面分食物給孩子們，一面問。

「好吃，好吃，姑媽真好！」三個孩子嘴裡塞滿糖果，高興地回答。

「表姊真是的！這麼忙還特地去買東西給孩子們！唉！難為情死了，我們沒有東西送她，反而要她送東西。」芷英對康振寰也沒有妒意了，她只是因為自己沒有盡到地主之誼而不安。

「沒有關係，她知道我們的情形。」光潮淡淡地說。

「介紹工作的事談得怎樣了？表姊夫答應了沒有？」芷英又問。

「他──他答應了，不過因為這幾天太忙，他說回到美國再寫了寄給我。」

「你這位表姊和表姊夫都還不錯嘛！一個分別了廿多年，一個根本沒有見過面，倒挺關照的。」

「嗯！」

綠萍姊姊

「長亭外，古道邊，芳草碧連天。……」破風琴一遍又一遍的奏著；戴著五百度近視眼鏡，長著一張馬臉的王老師尖著聲音一遍又一遍的唱著。本來蠻好聽的一首歌，被沙嘎的琴聲和淒厲的假女高音弄得難聽無比。冰蓮的眼皮愈來愈沉重，漸漸的，琴聲和歌聲都聽不見，她的頭開始在點著，前額幾乎碰到前面一排的椅背。

「現在，你們大家跟我一起唱。一！二！三！」馬臉老師的尖嗓子吵醒了她，她把眼睛睜開了一下又闔上。

「長亭外，古道邊，芳草碧連天。……」高高低低的女聲交響著，懶洋洋的一點兒也不帶勁，就像一群低飛的蜜蜂在嗡嗡的響。

忽然，有誰碰了她一下，她吃驚地睜開眼睛。一小團紙塞進了她的掌心，瞌睡蟲立刻趕走，她眨了眨眼睛，打開那團紙。

「馬上開溜，打籃球去。立立」

轉過頭，坐在她隔壁的立立正對著她扮鬼臉。一霎時之間，她發覺跟她一同坐在最後排的琮和景甯已跟著立立一起把身體從椅面滑下去。藉著前排椅背的遮掩和歌聲的干擾，她們領先，四個人開始溜出兼作音樂教室用的大禮堂。她們知道馬臉老師背著門坐，是不會發現的。

五月的陽光好溫暖，五月的微風帶著花香和草香。伸手掬一把暖暖的陽光，閉著眼睛深深吸一口芬芳的空氣啊！好舒服！誰還願意留在那陰暗的大禮堂裡面聽沙啞的破琴聲和淒厲的女高音呢？

籃球場距離禮堂很遠，這時又已經是下午最後一節，馬臉老師不可能發覺，教務處的老師也不至於懷疑他們是溜課出來的，她們儘可以放心的大玩特玩。立立領頭，琮、景甯和冰蓮跟著，一起大模大樣地走進體育器材室，簽條子向管理員領了籃球，就一路傳著球邊跳著走到球場上去。

她們對籃球也並不是特別熱衷，只是喜歡打著玩。在五月下午陽光的照射下，才投了十分鐘的球，四個人就都氣咻咻、汗淋漓，整件童子軍制服都濕透了。

「休息一下吧！」有誰這樣提議。於是，四個人一陣風似的就跑到一棵大樹下，用手帕、甩袖子，胡亂地擦著額上臉上的汗，四張小臉蛋都紅撲撲地像個熟透的蘋果。

「熱死了，不要打球算了！」冰蓮一邊擦著汗，一邊抬起手望了望腕上那個日字形的手錶。四個人中間，只有她一個人有錶，那是她考上初中，她爸爸送給她的獎品。「馬上就要下課，等一下還是到我家去玩吧！」

冰蓮不但有手錶，而且她的家在四個人中也最大，最有錢，有足夠的地方給她們玩耍，還經常有點心招待。自從她們四個人結成了好朋友以後，如果想聚集在一起玩，「到冰蓮家裡去」，就成為不成文的規定。

「好呀！妳今天請我們吃什麼東西？」饞嘴婆景甯拍著手問。

「貪吃鬼！少不了妳一份的。舅舅昨天送了一盒巧克力糖給我，我捨不得一個人獨吃，留著就是要請妳們。」冰蓮笑著推了景甯一把。

正在笑鬧著，下課鈴響了。四個女娃兒站起來拍拍裙子後面的灰土，從另外一條路溜回課室。那在大禮堂中唱了四十分鐘「長亭外，古道邊……」的同學們，竟然沒有一個人發現她們曾經「神祕失蹤」了十幾二十分鐘。

戴上那頂厚厚的童軍帽，提著籐條編成的書籃，四個女娃兒手拉著手走出了學校大門。像四隻出籠的小鳥，載欣載奔，飛呀飛的，在五月下午溫暖的陽光下，在紅棉樹夾道的大路旁。

在她們的前面後面，在這條紅棉夾道的大路上歡笑著、跳躍著的，還有許許多多出籠的小鳥——跟她們穿一樣著童軍制服的初中女生，還有穿著淺藍色衣裙，素雅得像空谷幽蘭一樣的高中女生。

幾個高中女生嬌笑著從她們身旁走過。冰蓮忽然緊張地拉了立立一下，悄聲的說：「妳看，那是我的綠萍姊姊。」

順著冰蓮的目光望過去，立立看見了走在她們身旁的藍衣藍裙隊伍中一張特別俏麗的面孔。天然微微鬈曲的短髮，飽滿的前額，略凹的大眼睛，俏皮的小鼻子，菱形的小嘴巴，真是說有多可愛就有多可愛！

「趕快叫她呀！」立立馬上也緊張地叫了起來。

「綠萍姊姊！」冰蓮鼓勇叫了一聲。

「呀！是妳，冰蓮！」美麗的空谷幽蘭回過頭來，展露出一個甜甜的笑靨，四個小不點兒都看得發呆了。

看見冰蓮呆呆的不說話，綠萍又嫣然的問：「下課了？」

「嗯！」冰蓮機械地點了點頭，一句話也說不出來。

「我的同學在等著我，我先走了。再見！」看見冰蓮的呆樣子，綠萍笑了笑，指指在幾步以外等著她的那幾個大女生，向冰蓮揮揮手，就娉娉嫋嫋的走了。啊！那套藍衣藍裙剪得好合身。上衣僅僅蓋過腰部一點，顯得纖腰更細；裙子蓋到小腿肚上，顯得兩腿更加修長。

四個女娃兒先是呆呆地望著綠萍動人的背影，無限羨慕；接著，八目相投，彼此打量。啊！厚厚的童軍帽下面的小臉淌著汗，童軍制服的上衣也沾著汗。高中女生的藍衣藍裙使她們美得像朵空谷幽蘭，而我們的褐衣黑裙卻使我們看來像隻醜小鴨。為什麼啊？

「冰蓮，妳這個傻瓜，為什麼不多跟妳的綠萍姊姊講講話嘛？也好讓我們多看看她美麗的臉孔。」四個人彼此相視夠了，立立就開始埋怨冰蓮起來。

「講什麼話嘛！人家是高二的大姊姊，我們只是個初二的黃毛丫頭，有什麼話好講呢？」冰蓮似乎有著無限的自卑。

「冰蓮，妳的綠萍姊姊真和氣，我抽到的那個大姊姊，從來不理人的。」貪吃鬼景甯嘟著小嘴說。

「妳的雖然不理人，但是還好看嘛！我那個什麼大姊姊又矮又胖，醜得像豬八戒，真氣死人！」琮也湊合著。

於是，立立也想到自己的那個大姊姊，瘦得像根竹竿，鼻梁上架著一副深度近視眼鏡，臉上永遠沒有半點表情。自從她們認為姊妹以後，除了對她笑了一下之外居然從來沒有說過一句話。都是校長出的什麼鬼主意，結什麼姊妹班？認什麼姊妹？想起來真是一肚子氣。還是冰蓮運氣好，抽到了校花做姊姊，好不羨煞人！最難得的是綠萍居然對她這樣和氣，不像其他的大姊姊們完全不理我們這群醜小鴨。

「冰蓮，下次妳也請綠萍姊姊到妳家去玩，好不好？」立立向冰蓮建議。

「嗯！妳這個主意不錯，讓我爸爸媽媽和哥哥看看我這個漂亮的姊姊，他們一定很開心。」冰蓮歪著頭想了一想便立刻答應。

走完那條紅棉樹夾道的大馬路，拐了兩個彎，走進一條石板鋪成的街道，冰蓮的家就在石板街的中段。那是一幢典型的老式房屋，也是三四十年前廣州的舊式家庭所慣住的住宅。一大門就有三重：第一道是厚厚的兩扇紅漆大門，第二道是木柵式的拖櫳，第三道是屏風式四扇的小門。真是「門禁森嚴」、「侯門似海」！

然而，冰蓮的家可並不完全舊式。儘管，那是個大家庭，上有老祖母，叔伯姑姑也都住在一起；可是，冰蓮父母那個小家庭卻是地道的新式家庭。在那間深而且大的老屋裡，樓下是陰沉、黑暗而古老的；樓上，屬於冰蓮一家的那個東廂，卻是窗明几淨，佈置幽雅。新式的紫檀傢具總是擦拭得一塵不染，光可鑑人。玻璃書櫥中線裝與洋裝的珍本並列。名貴的瓷瓶，古樸的銅器，名家的書畫，以及應時的花卉，適當地佈置在客廳的四周。原來冰蓮的父親是一位大學教授，而母親也是一位中學教員；所以，他們的家才這樣的充滿了書卷氣。

每一次，冰蓮帶小朋友來玩，她的家總是靜悄悄的，除了佣人，誰也不在家。她的雙親太忙了，忙工作，忙治學，不知不覺就把女兒給忽略了。他們的大兒子康中已經在唸大學，住校，一個星期才回家一次。寂寞的冰蓮，也因此而特別需要朋友。

「阿金，有東西吃沒有？」帶著她的三個小朋友回家裡，才走到樓上，冰蓮就大聲的叫了起來，一面打開了電風扇。

「小姐回來啦！我燒好了一鍋綠豆沙，正用井水浸著，已經很涼了。現在我盛給妳們吃好嗎？」在腦後拖著一條油光烏亮的長辮子的年輕女傭，從廚房裡應聲出來，向四個小女孩微笑著。

「好啊！好啊！我們都熱死了，渴死了！」冰蓮拍著手歡笑起來。

四個女孩子毫不客氣，各自希里呼嚕的喝了兩大碗綠豆沙；然後又湧進冰蓮的房間裡，

嚷著要吃巧克力。綠豆沙是清甜的，巧克力卻是甜而膩；吃完綠豆沙再吃巧克力，簡直不是味

道。但是，在她們那種年紀是無所謂的，只要有得吃就好。

嚼著甜而膩的巧克力糖，立立開口了：「冰蓮，我們每次到妳家裡，都看不見妳的爸爸、

媽媽和哥哥。假如妳要請妳的綠萍姊姊來，他們怎看得到她呢？」

「對呀！立立這個問題很對。冰蓮，妳有什麼辦法沒有？」琮和景甯也一起附和著。

「嗯！讓我想想看。」冰蓮歪著頭在想。「對了！我要在星期日請綠萍姊姊來。到了星期

日，我爸爸媽媽和哥哥多數在家的。」

接著，她們又商量用什麼名義來請。有人建議假稱生日茶會，立刻就有人反對了：「那怎

麼好意思？那會害綠萍姊姊花錢買禮物的呀！」

「那麼，說是伯父伯母請她來玩？」

「也不好，那樣綠萍姊姊會害怕的。我們小孩子都不願意和大人打交道。是不是？」

「她已經不是小孩子了。」

「不過也不能算是大人呀！」

「真是的，那怎麼辦呢？」冰蓮托著腮在發呆。

終於，立立想出了一個好主意：什麼名義也不要，乾脆就是請大姊姊來玩，那不就得了嗎？

事情就這樣決定了。性急的冰蓮當天晚上就徵得爸爸媽媽的同意，星期日在家裡舉行一個小小的茶會。同時，她還寫了一封信寄到她哥哥康中的學校裡去，要他星期天一定回來。

第二天，冰蓮拉著立立陪她去邀請綠萍，綠萍倒是很爽快的答應了。四個小女孩緊張而又興奮地等候著星期日的來臨。綠萍雖然只是冰蓮一個人的大姊姊，但是，她們四個人卻全都是她的「崇拜者」啊！

冰蓮忙碌的媽媽特地花了一些時間吩咐阿金為這個茶會準備了許多好吃的點心：蝦餃、粉果、春捲、馬拉糕、蛋撻、杏仁糊，還有冰淇淋和糖果。四個小女孩全都穿上她們的新衣，然而，她們卻全都比不上綠萍漂亮。因為，綠萍一出現，正值尷尬年齡的她們就全都變成醜小鴨了。事實上，綠萍並沒有特別打扮，她只是脫下每天穿著的學生制服，換上一件淺粉色的印著小小白色玫瑰花的麻紗旗袍，微微鬈曲的短髮上繫著一個小小的紅緞蝴蝶結。可是，淺粉色的旗袍和紅蝴蝶結烘襯得她的雙頰如玫瑰；長及小腿肚的旗袍又使得她顯得更加亭亭玉立，像個大女孩。當她一踏進冰蓮家的客廳時，不但四隻醜小鴨看得發呆，自慚形穢；就是冰蓮的父母，一時也都驚為天人。

冰蓮跳起來，跑過去拉著綠萍的手，引她走到二老的跟前，帶著得意的神色介紹著：「爸爸，媽媽，這就是我的大姊姊！」

「伯父！伯母！」綠萍端端正正向二老一鞠躬。

「不客氣，不客氣，請坐吧！」冰蓮的爸爸笑嘻嘻地招呼著。冰蓮的媽媽卻拉著綠萍的手，滿臉堆笑地端詳著她：「妳長得好漂亮啊！今年幾歲了？妳家住在哪裡？家裡有幾個兄弟姊妹？」

這一連串的問話，綠萍都伶俐地一一回答了。冰蓮的媽媽微笑地傾聽著，忽然，她像想起了什麼似的，大聲地問：「康中躲到哪裡去了？為什麼不出來見見客人？」

「對呀！哥哥，快點出來看看我的大姊姊嘛！」冰蓮也跟著嚷起來了。

一個瘦瘦長長的年輕人拖著不太起勁的步伐從房間裡走出來。他穿著一件淺藍色的襯衫和一條白色西裝褲；一綹頭髮垂在額前，兩片薄薄的嘴唇緊緊抿著，顯出了一副隨便而滿不在乎的樣子。

「綠萍姊姊，這就是我的哥哥康中。」冰蓮為他們介紹著。

綠萍向康中微微一點頭，本來已嫣紅如蘋果的雙頰隱約又泛起了一層緋色。

康中瞥了綠萍一眼，原來冷漠的臉色忽然變得溫和起來，一雙漂亮的黑眼睛開始煥發著光輝。他慢慢展露出一個優雅的微笑，向綠萍一彎腰說：「蘇小姐，我早就從我妹妹那裡聽說過很多關於妳的事了。」

這句話說得綠萍和冰蓮都掩著小嘴暗笑。因為綠萍知道，冰蓮對她所知有限；而冰蓮更是除了前兩天所寫的那封信外，從來不曾把有關綠萍的事告訴過這個哥哥。

點心送上來，冰蓮的爸爸媽媽識趣地站起來對他們的大兒子說：「康中，今天是你們年輕人的天下，你負責招待她們吧！我們要出去看電影，不妨礙你們了。」說著，又對綠萍說：「綠萍小姐，妳既然是冰蓮的大姊姊，就請妳把這裡當作妳的家，不要客氣，好好地玩。好嗎？」

「謝謝你們！伯父，伯母。」綠萍又是微微向二老一鞠躬，臉紅紅的。

二老一走，康中的勁兒就來了。他深深的注視了綠萍一眼，大聲地說：「小妹妹們，來吧！不要客氣啊！客氣就吃不到好東西了！」

他招呼綠萍坐在自己的身邊。綠萍的另一邊坐著冰蓮，冰蓮挨著立立，然後是景甯和琮。六個年輕人剛好圍滿了客廳中那張大理石面的紫檀木圓桌。

「哥哥，人家綠萍姊姊是個大姊姊，不是小妹妹，你別亂叫好不好？」冰蓮不滿地噘著嘴。

「她是妳的大姊姊，對我而言，可也是小妹妹呀！我大二，她高二，為什麼不是？綠萍小姐，你說對不對？」康中微笑著說，他的白牙齒閃閃有光。

「請你不要叫我小姐，叫我綠萍就行。」綠萍低著頭，細聲地說。立立從冰蓮的身邊望過去，看到了綠萍一邊的面頰，正泛著美麗的粉紅色，既像桃花的花瓣，又像剛熟的蘋果。

「好，那我就不客氣的以老大哥身份叫妳的名字了。」康中毫不猶豫的接了口。他深深望了綠萍一眼，像點名似的開始喚著每個人的名字：「妳是蘇綠萍，妳是李冰蓮，妳是梁立立。」他注視了立立一會兒：「唔！妳也是個小美人，將來長大就是個大美人了。」

大家都掩著嘴笑了起來。立立羞得直低著頭恨不得躲到桌子下面去。康中自己卻不笑，一本正經往下點名：「妳是張景甯，妳是華琮。冰蓮，我的記性不壞吧？一個字也沒有說錯。」

「算了吧！今天早上我把立立她們三個的照片給你看過，又把她們的名字抄給你，我聽見你在房間裡唸唸有詞的背了差不多一個鐘頭。這樣的記性還敢吹牛？」冰蓮跟她哥哥開著玩笑，惹得每個人又再掩著小嘴。

這是一個十分愉快的茶會。當中話說得最多的是康中，吃得最多的也是康中；因為他不斷地逗綠萍說話，而所有的女孩子，除了冰蓮之外，都客氣得不大敢吃的緣故。綠萍一直半低著頭，羞紅著臉，從來不主動說話，只是問一句答一句。四個小女孩本來都是聒噪得像麻雀一樣的，此刻，為了欣賞綠萍的美，居然個個都變得沉默起來。

「怎麼啦？妳們難道都變成了啞巴？」康中正在為自己騎腳踏車的精良技術大吹大擂，忽然發覺大家都不說話，五雙亮晶晶的眼睛全部注視著自己，不覺尷尬地停了下來。

「看你表演嘛！」他的妹妹說。

「那我不來了，我不要演獨角戲。」康中露出白牙齒笑了一笑。「我們還是吃東西算了。有誰來跟我比賽吃馬拉糕？我可以一口氣吃十塊。」

五個女孩子又一齊掩著小嘴吃吃地笑個不停。康中一手抓著一塊馬拉糕往自己嘴裡塞，一手把一盤一盤的點心傳給五個女孩子。於是，除了綠萍之外，四個小女孩全都開懷大嚼起來。吃完了東西，五個女孩子暫時撇下康中，躲到冰蓮的房間裡，參觀她的洋娃娃和各式各樣的小玩意。

在離去的時候，綠萍對冰蓮說：「冰蓮，今天我玩得很愉快，謝謝妳啊！下次我請妳和她們三位小妹妹到我家去玩好不好？」

「好啊！好啊！我們一定去。」冰蓮雀躍著，歡叫著。

立立、景甯和琮，也都興奮地彼此對望著。

「那妳就不請我？」在樓梯口，康中靠在一根柱子旁邊，交叉著雙臂，悠閒地問。

「當然要請，只是——」綠萍低垂著她那雙漂亮的眼睛，囁嚅著。因為難為情而滿面泛起了玫瑰色。

「不，不！我是跟妳開玩笑的。我一個大男生，怎會跟著妳們這些小女孩一起？我不去！我不去！」康中笑了一笑，又揮了一下手，模樣好不瀟灑！

「那——那——」綠萍依然囁嚅著。

「綠萍姊姊，妳不要理他，我哥哥壞死了。他有的時候不愛理人，有的時候又瘋瘋癲癲地作弄人，討厭死了，妳不要理他。」冰蓮把他哥哥推了一把，牽著綠萍的手走下樓梯，立立和其餘兩個女孩也跟著下樓送客。

綠萍走了以後，四個女孩子還兀自站在大門外望著她苗條的背影出神，好半天忘記說話。也不知過了多久，才聽見景甯在和琮小聲的說：「綠萍姊姊跟冰蓮的哥哥真是天生一對，一個那麼美麗，一個那麼英俊。妳說是不是？」

「嗯！要是他們結婚了，那該多好！」琮傻愣愣地直點頭。

「妳們兩個在說什麼？」冰蓮忽地勃然大怒，把一張臉伸到景甯和琮的面前。「我告訴妳們，以後不許講什麼我哥哥和綠萍姊姊結婚的話。綠萍姊姊是我的，誰也不能把她搶走。」

「笑話！」一直沉默著的立立冷笑了一聲。「綠萍姊姊要是做了妳的嫂嫂，不就是一家人了嗎？還說什麼搶走不搶走？」

「立立，妳太不夠朋友了，連妳也這樣說。妳是知道的，我要綠萍姊姊永遠屬於我一個人，我不要她跟男孩子談戀愛，即使是我的哥哥也不行。」冰蓮咬著牙，恨恨地說。

「不行又怎樣？妳有什麼辦法？剛才難道妳看不出妳哥哥對她的情意？好親熱喲！兩隻眼睛一直沒離開過她的臉。我看妳哥哥一定是看上了妳的綠萍姊姊了。」立立撇著嘴，裝出一副不屑的表情。

「唔，妳的話有道理！我哥哥本來對女孩子一點興趣也沒有的，妳看他剛才從房間裡出來的懶散樣子。他起初並不願意參加我們的茶會，後來看見綠萍姊姊漂亮，就想追求她了。哼！假使我以後不再把綠萍姊姊帶回家裡，看他有什麼辦法？」冰蓮雙手叉著腰，氣呼呼的。

「人家是大學生，懂得多，自然有辦法。妳這個初中生憑什麼跟人家鬥嘛？」立立冷冷地說。

「妳們等著瞧好了，我就是不要讓我的綠萍姊姊給人搶去。明白嗎？」冰蓮向她的好朋友們扮著鬼臉。由於太生氣，她轉身就回到屋裡去，竟然忘記了請她們再進去玩。

兩天之後，綠萍就邀請冰蓮、立立、琮和景甯在下星期天的下午到她家裡去玩。她是在操場上碰見她們四個正在打籃球時，向她們提出的。在五月陽光的照耀下，她的黑髮閃亮，黑眼睛也閃亮，雙頰卻嫣紅如玫瑰。當那四個小女孩歡呼著答應了她以後，她又向冰蓮說：「冰蓮，假使妳的——哥——哥願意跟妳一道來，我還是歡迎他的。」說完了，兩頰的玫瑰色變得更深，垂著眼皮不敢看任何人一眼，就急步離去。

立立暗暗扯了冰蓮一把，附耳低聲說：「妳注意到沒有？我看綠萍姊姊對妳哥哥也很有意思哩！」

「那我怎麼辦？」冰蓮呆呆地問。

「這個嗎？假使妳願意聽我的話，我也許會想出辦法來。等我回去想過，明天再告訴妳。」說著，她裝得若無其事的，一蹦一跳地，又繼續投籃去。

當然，不用立立教她，冰蓮也懂得，不讓他們彼此有見面的機會，就是杜絕康中和綠萍兩人繼續來往下去的最佳方法，所以，她根本就不把綠萍的邀請寫信告訴她哥哥了。

星期日午飯過後，冰蓮穿了一件新做的麻紗小花旗袍，學著綠萍的模樣在髮上繫了個小小紅蝴蝶結，就快快樂樂地出門去。她走過客廳時，康中正一個人無聊地站在窗前發呆。

「是不是上妳綠萍姊姊那兒去？」他轉過身來問。

「嗯！」冰蓮冷淡地應了一聲，就要下樓去。

「她沒有請我？」他搶先一步，攔住了她。

「哥哥，你真不要臉！上一次問過了還要問。」冰蓮向康中皺著鼻子。

「好！好！我不去就是。」康中露出了一副無可奈何的表情。「那麼，妳替我向她問好。」

「好啦！好啦！嚕嚕鬼！」冰蓮不耐煩地答應著。「你讓開，我要走了！」

「妳綠萍萍姊姊住在哪裡？我送妳去好不好？」康中讓開了，但是仍然跟在後面。

「不要嘛！人家約好了立立她們一起去的，誰要你送？」冰蓮回頭狠狠瞪了她哥哥一眼，就咚咚地走下樓去。

綠萍住在荔枝灣附近的一幢新式洋房裡。她的父親是個外交官，只有她一個女兒。那天，她的父母也像冰蓮的父母一樣，很知趣的避開了，好讓這些小朋友們痛痛快快地玩一場。

蘇家的佈置完全是西式的，有著豪華的氣氛，跟冰蓮家那種淡雅的東方色彩完全不同。四個小女孩瞪大眼睛，摸摸這樣，摸摸那樣，把她們都看傻了。

綠萍穿著一件白紗洋裝，頭上紮著一根翠綠色的髮帶，輕盈地從樓上下來迎接她們。那個時候，洋裝還只是兒童的「專利品」，中學以上的少女，幾乎是沒有人敢穿洋裝的；綠萍這樣打扮，更是把她們看得目瞪口呆。

「綠萍姊姊，你真像個公主！」過了半天，冰蓮忽然這樣叫了起來。

「也像個仙女！」景甯也附和著。

「綠萍姊姊，妳這件衣服好美！」琮讚嘆著。

「那天為什麼不穿到冰蓮家裡去呢？」景甯傻兮兮地又問。

只有立立沒有開口。

站在猩紅色厚地毯的中央，綠萍真像個公主或者仙女。她溫雅地笑了一笑：「謝謝妳們的讚美。這件衣服是我爸爸的朋友從巴黎買回來送給我的，我一直不敢穿出去，怕人家笑我。今天妳們來，為了好玩，才第一次穿上哩！」她看了冰蓮一眼：「妳哥哥沒有來？」

「沒有，他——」被綠萍這一問，冰蓮心裡一慌，竟結結巴巴地答不出來。

坐在她旁邊的立立暗暗地扯了她一把，她才又繼續說：「他在家裡等他的——的女朋友。」

「哦！」綠萍答應了一聲，臉上的笑容和紅暈都隨著這一聲忽然消褪了。

「綠萍姊姊，我看見過康中哥哥的女朋友，她是他大學裡的同學，好漂亮啊！」立立到現在才開了口。

「我們也看見過，聽說她還是校花哩！」琮和景甯也同聲的說。

剛才，在立立的家裡，這四個小人兒組織了一個「保護綠萍姊姊委員會」，由足智多謀的立立領導，她們決定要不擇手段地防止她們的綠萍姊姊被任何男孩子搶走。現在，她們正在展開第一步戰術。

「哦！哦！」綠萍的粉臉泛白，雙眼失神，像個木偶般機械地應著。

「不過，她還沒有綠萍姊姊漂亮哩！」冰蓮於心不忍，安慰了綠萍一句。

「是嗎？」綠萍慘然一笑。「不，不，那位小姐一定比我漂亮得多。」她提高了聲音：「阿芳，拿點心出來呀！」她又對四個小女孩說：「對不起！我到樓上去一下，馬上下來。」

穿著白紗衣的公主上樓去了。四個小女孩正噥噥唧唧地想討論她們戰術的得失時，一個留著劉海，梳著髮髻，穿著白色夏布短衫和黑膠綢長褲的俏女傭捧著點心出來了。啊！這裡一切都是西式的，連吃的也是。牛奶、冰淇淋、蛋糕、三文治、小餅、罐頭的什錦水果、巧克力……四個小女孩貪婪地望著滿桌花花綠綠的食物，暗暗嚥著口水，連話也懶得說了。

十分鐘以後，綠萍才從樓上下來，身上的白紗衣不見了，換穿了一件普通的花布旗袍，臉上也失去了第一次下樓時的光彩。

「小妹妹們，來，我們吃點心。」她坐在她們中間，很熱心地招呼著她們，自己也拿起一杯冰淇淋，慢慢舀著來吃。不知怎的，她們都看得出她的熱心是假裝的，只是為了掩飾內心的失望。她在吃，也只是做個幌子。

「綠萍姊姊，妳那件漂亮的公主衣服呢？」冰蓮問。

「我——我怕把它弄髒，所以換了這件。而且，妳們都穿旗袍，我這個大姊姊怎好穿洋裝呢？來，來，大家不要客氣，吃呀！隨便吃呀！」綠萍大聲的說著，一面在每個人面前的小碟子上堆滿了蛋糕和小餅。

這裡食物固然很美，可是，她們四個人忽然都感到食不下嚥。因為，她們都意識到，她們的綠萍姊姊變了，她不再是以前那個溫柔親切的大姊姊，她和她們之間已分隔著一道看不見的鴻溝。

「吃呀！吃呀！妳們為什麼都不吃？」綠萍不斷地這樣嚷著。彷彿除了這句話，她再也想不出該和她們談些什麼。

好不容易捱了一個鐘頭，立立又暗暗扯了冰蓮一把。於是。冰蓮站起來說：「綠萍姊姊，謝謝妳的招待，我們回去了。」

其他三個人也跟著站起來道謝。

「妳們不多玩一會兒？」綠萍機械地問。

「不了，謝謝妳！」四個人一面說一面就往外走。

「那麼，以後再來玩吧！」綠萍像個機械人般出來送客。

「再見！綠萍姊姊！」在大門口，四個女孩向綠萍揮著手。冰蓮望著綠萍那張蒼白而美麗的臉，心中充滿了憐惜；她真想跑過去告訴綠萍，她們剛才是跟她開玩笑的，康中哥哥並沒有女朋友，而且也正在暗暗戀著她。

離開綠萍的家，才走了兩步，冰蓮就埋怨立立了：「立立，都是妳出的鬼主意！妳看，綠萍姊姊被我們捉弄得多慘！」

「是呀！綠萍姊姊好可憐！」景甯和琮也附和著。

「哼！我出的鬼主意？隨便妳吧！妳想要綠萍姊姊變成妳的嫂嫂，那妳回去告訴她實話不就得啦？」立立氣鼓鼓地衝著冰蓮亂吼。

「不！我不要她做嫂嫂，我要她永遠做我的大姊姊。立立，妳說我怎麼辦？」冰蓮一面走一面說，她急得都快要哭出來了。

「那妳就不要感情用事，依我的計劃去做。現在我們到妳家裡去，讓我跟妳哥哥說兩句話，包管妳以後就不必怕他搶去妳的綠萍姊姊。」立立滔滔而言，一副胸有成竹的樣子。

「好吧！只好聽妳的了。」冰蓮無可奈何的說。

四個人一行又回到冰蓮家裡。上了樓，一屋子靜悄悄的，她的爸爸媽媽出去了還沒有回來。立立示意冰蓮去找她哥哥，冰蓮到後面的臥室裡轉了一轉出來，在立立耳邊輕輕的說：「我哥哥躺在床上望著天花板，不理人！」

「這就行了！」立立點了點頭，露出一個狡獪的微笑，清了清喉嚨，大聲的說：「冰蓮，綠萍姊姊的男服友長得好英俊啊！」

其餘三個人都愣愣地望著她。她向她們使了個眼色，又繼續大聲說：「英俊得像電影明星鄭小秋一樣！」

「我說他像高占非。」琮一面偷笑一面說。

「我說他像羅勃泰勒。」景甯也掩著嘴說。

「妳猜他們什麼時候結婚呢？冰蓮。」立立繼續表演著。

「我——我——不知道。」冰蓮囁嚅著。

「最差了，什麼也不知道。妳明天得問問她，我們都想喝她的喜酒啊！」立立大聲的嚷著。

看看大家都沒有反應，她撇撇嘴輕輕罵了一聲：「討厭鬼！笨蛋！」然後就站起來說：「算了，我們還是回家吧！」

等到那三個人咚咚咚的下了樓，冰蓮就趕快躲到自己的房間裡，把房門鎖上。因為她害怕康中一會兒來問她有關綠萍的事；她回答不出來。

但是，康中並沒有問她。那天晚上他回學校去了以後，就一連四五個禮拜都沒有回家。他的理由是期末考快到了，他得留在學校裡面加油。

康中沒有反應，四個小鬼知道他中計了，就全都心安理得，快活無比。在學校裡，她們依然常常溜課去打籃球。隨著天氣的日漸燠熱，四張小臉也一天比一天紅潤，就像朵朵剛剛開放的粉紅色的花兒。

立立偷偷向冰蓮要了一張康中的照片。她說，她有一個遠房的表哥，長得跟康中十分相像，她要把照片拿回去給她的爸爸媽媽看。

真是奇怪！四個小女娃兒的臉蛋日漸紅潤，綠萍的一張臉卻明顯地日漸消瘦、蒼白。而且，她對冰蓮也似乎變得冷淡了，在學校裡碰了面，常常假裝沒看到。有時，立立不識相地拉著冰蓮的手走過去叫她，綠萍也只是勉強地把嘴角牽動一下，擠出一個苦笑，摸摸冰蓮的頭就走開了。看！綠萍姊姊的樣子好憔悴啊！她那雙微凹的大眼睛不再閃亮發光，她的粉臉像冰冷的大理石，她美麗的小嘴不再綻開花朵似的微笑。她讓長長的睫毛低垂著，遮蓋了眼中的一切憂傷。為什麼？為什麼？我們做錯了什麼事情？她為什麼不理我們了？

「立立，綠萍姊姊好可憐啊！妳猜她是不是在生我的氣呢？」冰蓮滿心內疚的說。

「我想不是的。她剛才還摸妳的頭，怎會是生氣？我想，她也許是在失戀吧？」

「失戀？她失誰的戀？」

「誰曉得？可能她真的有了男朋友，而她的男朋友又拋棄她了。」

「啊！多可憐！假如她是我哥哥的女朋友，我哥哥絕對不會拋棄她的。」

「冰蓮，妳又來了！」立立忽然很大聲的叱喝起來：「妳忘了是妳的綠萍姊姊，而妳也說過不許別人把她搶走嗎？」

「我沒有忘記呀！只不過這樣說說就是。」冰蓮也大聲的嘆著氣。忽然間，她開始覺得自己已體會到人生的煩惱。

期考快到，四個小女孩暫時不敢溜課去打籃球，開始臨時抱佛腳的忙著準備應考，綠萍姊姊也暫時被她們忘記了。有一天，她們正在收拾書包回家，忽然聽見有人在教室外面叫著冰蓮的名字。冰蓮匆匆忙忙的走出去，原來她的綠萍姊姊正站在走廊上等她。一張臉還是那麼蒼白，襯著那身藍色的衣裙，整個人就素淨得像一朵空谷幽蘭。

「綠萍姊姊，是妳叫我？」好久都沒有接近她的綠萍姊姊了，冰蓮簡直是驚喜若狂。

「冰蓮，妳陪我到校園裡走走，我有話告訴妳。」綠萍說著，就拉起了冰蓮的一隻手。任由那隻柔軟白嫩的手握著自己的，冰蓮欣喜萬分的跟著綠萍走到校園的樹蔭下。

「冰蓮，我從明天起就不來上學了。」一面慢慢的走著，綠萍一面開了口。

「為什麼呢？」冰蓮驚叫了起來。

「我爸爸要調到英國去，他要帶我媽媽和我一起，後天我們先到香港，然後從香港到倫敦。冰蓮，我很喜歡妳，這隻小象，我送給妳做紀念，希望妳將來不會忘記了我這個姊姊。」綠萍從一條包著的手帕裡，取出一隻只有指頭太小的象牙雕成的小象，交到冰蓮的手中。

那隻小象雕刻得很精緻，若在平時，冰蓮一定會高興得跳起來；但是，此刻她卻不想要。「綠萍姊姊，妳不要走嘛！我不要！我不要！」她把小象塞回綠萍手中，胡亂地叫著。

「冰蓮，妳要聽姊姊的話。我的爸爸媽媽都要外國去，我怎能一個人留在這裡呢？這個妳拿去，」綠姊又把小象放在冰蓮的手裡。「妳不要難過，我以後會寫信給妳的。」

「綠萍姊姊，妳真的喜歡我？」冰蓮一面把玩著小象，忽然想起了前一陣子綠萍對她的冷淡，忍不住就問。

「當然哪！那還用問嗎？」

「那麼，為什麼妳近來好像不大願意理我呢？」

綠萍的臉一陣白一陣紅的。「沒有的事，只是我有時心煩，不想說話就是。」她放開了冰蓮的手。「我得走了，冰蓮，再見！請妳替我向妳的父母和哥哥辭行吧！」她走了兩步，又轉過身來，囁嚅地問：「妳哥哥跟他的女朋友怎樣了？妳喜歡妳這位未來的嫂嫂嗎？」

「我—我——」冰蓮咬著嘴唇皮，都快要哭出來了。她真想抱住她的綠萍姊姊，一五一十把自己和立立搗蛋撒謊的真相統統說出來；但是，她又怕綠萍因此而不歡喜她。她低著頭，沉吟了半晌，才含糊地回答：「我不知道。」

「冰蓮，我的小妹妹，你應該喜歡她的。」綠萍又緊緊地握了一下冰蓮的手。「再見！我走了！」說著，就用碎步輕盈地奔跑著走向校門。

癡癡地望著綠萍穿著淡藍衫裙的苗條背影逐漸遠去，冰蓮忽然覺得自己的視線模糊起來，接著，又有濕濕的液體流過她的雙頰；這時，她才意識到自己哭了。她要找手帕擦臉，但是手帕沒有帶在身邊，只好用沒有拿著象牙小象的那隻手在臉上拭著。啊！為什麼我的手這樣香？冰蓮把自己的掌心湊到鼻孔前面，就有一股甜甜的幽香發散出來。她閉著眼盡情的吸著香氣。這是綠萍姊姊手上的香味啊！她剛握過我的手，把香味傳到我的掌心裡了。

忽然間，她忘了別離的痛苦，一隻手緊緊地握著那隻小象，另外一隻手也緊握著，彷彿怕那股香氣溜跑了，就急急地奔回教室裡。

教室中其他的同學都已回家，只有三張小臉伸出窗口外面等她。冰蓮一走進去，三個人就圍著她問：「綠萍姊姊呢？她找妳做什麼？」

冰蓮先不回答她們，把一隻手伸到每一個人的鼻子前讓她們聞一聞，「香不香？」然後又把那隻小象給她們看。「這是綠萍姊姊送給我的，她後天就要起程到英國去了。」說到這裡，她忍不住便哭了起來。

那三個人哪肯放過她，還是圍著她追根究底。冰蓮一面哭一面把綠萍的每一句話都告訴她們，卻把最後綠萍問到康中的女朋友那幾句省略去。

琮和景甯聽了，都眼紅紅地顯得難過。只有立立沉默著，沒有表示什麼。景甯推了推她，不滿地說：「立立，綠萍姊姊走了，難道妳不想念她？」

「笑話！她又不是我的姊姊，我為什麼要想她？」立立冷笑了一聲，用帶著得意和狡獪的眼色瞟了冰蓮一下，又說：「妳也用不著哭呀！下學期再找一個比她更漂亮的姊姊就是！」

「死立立！人家都難過得要死了，虧妳還有心情開玩笑！」冰蓮一面嗚咽著，一面輕輕搥了立立一下，她還以為立立真是跟她開玩笑哪！

綠萍的去國，使冰蓮初次嘗到了別離的痛苦；然而啊，綠萍才離開了兩三天，她們的期考還沒有開始，一件驚天動地的大事便發生了。

那天，她們照常的到學校去上課。因為大家都是匆匆忙忙離家的，所以大部份的學生都沒有看過報紙。在朝會的時候，老校長沉痛地向全體師生宣佈：日本軍閥昨天在盧溝橋發動了侵華戰爭，在忍無可忍的情勢下，我們的全面抗戰也已正式展開。接著，老校長便把報上所登載的消息詳細報告，最後，更以「國家興亡，匹夫有責」這句話來勉勵大家，鼓舞大家要共赴國難。

儘管她們還在不更事的年紀，但是，聽完了老校長的訓話，冰蓮她們幾個全都覺得熱血沸騰，不能自已。那天下午，她們上完這個學期最後一節音樂課。當馬臉老師踏著破風琴奏起那首「送別」時，再也沒有一個人想到要溜課，再也沒有人覺得破風琴的聲音難聽。她們都用心的唱著：

長亭外，古道邊，芳草碧連天。
晚風拂柳笛聲殘，夕陽山外山。
天之涯，地之角，知交半零落。
一杯濁酒盡餘歡，今宵別夢寒。

啊！我的綠萍姊姊，妳在哪裡？妳所坐的郵船現在正航行在印度洋上還是大西洋？妳答應過我到倫敦就要寄一張風景明信片回來的，妳會嗎？妳不會忘記了我這個不夠乖的小妹妹吧！還有，這是我們最後的一課了，烽火已在北方燃起，誰知道下學期的遭遇將會怎麼樣啊？唱著，唱著，冰蓮首先就哭了起來；接著，便有許多嗚咽的聲音伴奏著；一會兒，全班竟都泣不成聲，連馬臉老師也忍不住要掏出手帕來擦著被淚水模糊了的眼鏡。

大家無精打采地應付完期考，校方也匆匆把學期結束。戰事在北方劇烈地進行著，不久，全國各大城市都遭遇到敵機的空襲，廣州當然也沒有倖免。

人們紛紛在作逃難的準備。冰蓮一家逃到香港去，立立跟著她的父母疏散到曲江，景甯一家逃往澳門，琮回到肇慶老家去。四個好朋友，分散到四個地方。

冰蓮一家起程的前夕，康中向父母表明了他的態度，他不去香港，他已跟他的一個同學相約去從軍了。在父母的驚惶失措中，冰蓮卻拍手說：「哥哥，你好偉大啊！我們校長說過的，國家興亡，匹夫有責。可惜我是女孩子，不然，我也要從軍去的。」

「可是，康中，你不想繼續唸完你的大學嗎？」媽媽的眼裡已充滿了淚水。

「媽，我要的。但是，那必須在我們把鬼子趕走以後。」

康中昂著頭，侃侃而言。冰蓮覺得，她的哥哥從來不曾像現在這麼神氣過。她很後悔，以前為什麼要串通立立她們來欺騙自己的哥哥呢？

「啊！康中，你太年輕了，你又沒有打仗的經驗。」媽媽的眼淚快要掉下來了。

「算了，難得他有心報國，我們讓他達成自己的心願吧！他也不是小孩子，我相信他懂得照顧自己的。」爸爸抽出了口中的煙斗，走過去拍著兒子的肩膀，對媽媽說。

媽媽沒有說話，用雙手掩著臉哭了起來。

康中去安慰媽媽幾句，就回房間去收拾行李，冰蓮也跟了進去，坐在他床邊看著。忽然間，她塞了一樣東西在他的掌心裡。「哥哥，這是綠萍姊姊送給我的，我現在轉送給你，你要隨時帶在身邊做紀念。」她急促地說著。

「這是妳綠萍姊姊送給妳的？」康中用手指撫著那隻小巧精緻的象牙小象，眼睛裡閃著奇異的光芒。

「嗯！綠萍姊姊跟她爸爸媽媽到英國去了。哥哥，她並沒有男朋友，是我們故意騙你的，因為我們都很喜歡綠萍姊姊，怕你把她搶走。」冰蓮急急促促的，一口氣就把她們四個人怎樣聯合起來騙他的事通通說了出來。說完了，她立刻覺得輕鬆愉快得無以復加。

「哦！原來是這樣！」康中淡淡地微笑著，點點頭。「本來，我是懷著一顆憂傷的心去從軍的，現在卻是懷在著一顆快樂的心前去，我想可以多殺幾個敵人了。」他摸摸妹妹的頭。「冰蓮，謝謝妳送這隻象給我，也謝謝妳把這件事告訴我。妳寫信給綠萍的時候，說我問候她吧！」

可惜，冰蓮卻永遠沒有機會寫信給綠萍，因為她沒有綠萍的地址。綠萍雖然依約的寄回來一張風景明信片，但是冰蓮卻沒有辦法收到，她去了香港，而廣州在不久之後就淪陷了。

在香港的冰蓮，倒是經常收到她那三個好友的信。其中，立立的一封信，又使她對人生又有了進一步的認識。

「冰蓮：我有一些憋在心裡很久的話必須告訴妳。不過，說出來我又感到十分難為情，希望妳不要笑我，將來見面，更不要再提及。好嗎？

我要告訴妳，我為什麼要教妳欺騙妳的哥哥和綠萍姊姊，因為我很喜歡妳的康中哥哥（我不知道那算不算是愛），我怕綠萍姊姊把他奪走了。當然，我知道我年紀太小，又沒有綠萍姊姊漂亮，妳哥哥是不會看上我的；但是誰叫他說我是小美人，又向我甜甜的一笑呢？妳不知道，為了這一句話，就使我整整失眠了一晚，我想他起碼不會討厭我的，我怎容許他又愛上綠萍姊姊呢？

誰知道，我千方百計破壞他們的結果，自己並沒有得到什麼。妳哥哥躲在學校裡不回來，我連見他一面的機會都沒有（總算向妳騙到一張照片，我把它夾在日記本裡，珍同拱璧），又害得綠萍姊姊不理妳。這真是害人害己的行為，我後悔極了。冰蓮，妳肯原諒我嗎？

這件事，除了妳以外，我絕不能讓第三者知道。妳千萬不可告訴妳哥哥和父母，也不可以寫信告訴琮、景甯和綠萍姊姊。知道嗎？否則我要和妳絕交了。住在這種鄉下地方，日子過得無聊得很，盼多來信。更希望下學期我們可以回到廣州上學。

祝

快樂！

立立上」

捧著信，冰蓮呆住了。想不到立立竟然已懂得戀愛了。她和我一樣，都只是個十三、四歲的孩子啊！為什麼？為什麼？人在戀愛中就會迷亂了本性，純真如立立，竟也不擇手段的去傷害別人？

冰蓮站在她香港的新家的窗前，眺望著下面停泊著許多灰色的軍艦和褐色的帆船的海面，忽然覺得自己長大了。在短短不到一個月之間，她經歷到別離、戰爭、空襲和逃難的滋味，同時，也看到了人性的多方面。她想起了廣州她家那個雅潔的小樓，想起了廣州馬路兩邊的紅棉樹，想起了她們溜課去打籃球的情景，想起了那身厚厚的童子軍制服，想起了破風琴的聲音，想起了那首「送別」歌，想起了綠萍姊姊的白紗衣，她手心中的的香味，她溫柔的笑靨，她送給她的象牙小象……啊！一切一切，為什麼都變得那麼遙遠？那一切的一切，還會再來嗎？

畢璞全集・小說04　PG1325

綠萍姊姊

作　　者	畢　璞
責任編輯	陳思佑
圖文排版	楊家齊
封面設計	楊廣榕

出版策劃	釀出版
製作發行	秀威資訊科技股份有限公司 114 台北市內湖區瑞光路76巷65號1樓 電話：+886-2-2796-3638　傳真：+886-2-2796-1377 服務信箱：service@showwe.com.tw http://www.showwe.com.tw
郵政劃撥	19563868　戶名：秀威資訊科技股份有限公司
展售門市	國家書店【松江門市】 104 台北市中山區松江路209號1樓 電話：+886-2-2518-0207　傳真：+886-2-2518-0778
網路訂購	秀威網路書店：http://www.bodbooks.com.tw 國家網路書店：http://www.govbooks.com.tw
法律顧問	毛國樑　律師
總 經 銷	聯合發行股份有限公司 231新北市新店區寶橋路235巷6弄6號4F 電話：+886-2-2917-8022　傳真：+886-2-2915-6275

出版日期	2015年4月　BOD一版
定　　價	250元

Printed in Taiwan

國家圖書館出版品預行編目

綠萍姊姊 / 畢璞著. -- 一版. -- 臺北市 : 釀出版,
2015.04
面 ;　公分. -- (畢璞全集. 小說 ; PG1325)
BOD版
ISBN 978-986-5871-11-6 (平裝)

857.63　　　　104003901

讀者回函卡

感謝您購買本書，為提升服務品質，請填妥以下資料，將讀者回函卡直接寄回或傳真本公司，收到您的寶貴意見後，我們會收藏記錄及檢討，謝謝！

如您需要了解本公司最新出版書目、購書優惠或企劃活動，歡迎您上網查詢或下載相關資料：http:// www.showwe.com.tw

您購買的書名：________________________________

出生日期：________年________月________日

學歷：□高中（含）以下　□大專　□研究所（含）以上

職業：□製造業　□金融業　□資訊業　□軍警　□傳播業　□自由業

□服務業　□公務員　□教職　□學生　□家管　□其它____

購書地點：□網路書店　□實體書店　□書展　□郵購　□贈閱　□其他

您從何得知本書的消息？

□網路書店　□實體書店　□網路搜尋　□電子報　□書訊　□雜誌

□傳播媒體　□親友推薦　□網站推薦　□部落格　□其他________

您對本書的評價：（請填代號　1.非常滿意　2.滿意　3.尚可　4.再改進）

封面設計____　版面編排____　內容____　文／譯筆____　價格____

讀完書後您覺得：

□很有收穫　□有收穫　□收穫不多　□沒收穫

對我們的建議：________________________________

____

____

____

請貼
郵票

11466
台北市內湖區瑞光路 76 巷 65 號 1 樓

秀威資訊科技股份有限公司 收

BOD 數位出版事業部

（請沿線對折寄回，謝謝！）

姓　　名：________________　年齡：________　性別：□女　□男

郵遞區號：□□□□□

地　　址：________________________________

聯絡電話：（日）________________（夜）________________

E-mail：________________________________